PASTORALE

GASCONNE

SUR LA MORT

DU MAGNIFIQUE ET PUISSANT

HENRI

QUATRIÈME DU NOM

ROI DE FRANCE ET DE NAVARRE

TRADUITES DU GASCON EN FRANÇAIS

Par ALCÉE DURRIEUX

LECTOUROIS

AVOCAT A LA COUR D'APPEL DE PARIS

Édition nouvelle

AUCH

IMPRIMERIE ET LITHOGRAPHIE GASTON FOIX

1896

Tiré à 100 exemplaires

PASTOVRADE

GASCOVE

SVR LA MORT

DEV MAGNIFIC È POUDÉROUS

ANRIC

QUART DEV NOM

REY DE FRANCE È DE NAUARRE

A TOLOSE

DE L'IMPRIMERIE DE IEAN BOVDE, DEUANT LE COLLÈGE DE FOIX
A L'ENSEIGNE SAINCT IEAN

—

1611

PASTORALE

GASCONNE

SUR LA MORT
DU MAGNIFIQUE ET PUISSANT

HENRI

QUATRIÈME DU NOM

ROI DE FRANCE ET DE NAVARRE

A TOULOUSE

DE L'IMPRIMERIE DE JEAN BOUDE, DEVANT LE COLLÈGE DE FOIX
A L'ENSEIGNE SAINT JEAN

—

1611

TYPOGRAPHIE
G. FOIX
A AUCH

AVANT-PROPOS

La mort violente de Henri IV, traitreusement
égorgé en plein jour dans l'une des rues les plus fré-
quentées de sa Capitale, au milieu de ses favoris & de
ses compagnons d'armes, plongea dans la consterna-
tion & dans la douleur la plus grande partie de l'Europe. Le Héros du xviiᵉ siècle, le guerrier invaincu,
le politique puissant qui avait rétabli l'équilibre Euro-
péen, disparaissait en pleine force, rayonnant de génie,
sous le couteau d'un fanatique vulgaire. Le sentiment
public fit explosion en toutes langues, anciennes &
modernes, & sous toutes les formes de la pensée,
sermons & discours, relations historiques, épitaphes,
odes, héroïdes, apologies, etc., etc.

La Gascogne ne devait pas rester indifférente à la
mort du Grand Roi, pétri de son sang, éclos dans ses
montagnes, élevé *les pieds descaux* & *nud teste* comme

les fils de ses paysans sur les rochers Pyrénéens (1).
Ses prosateurs & ses poètes versèrent à l'envi sur la
victime les larmes du désespoir; & ces poètes inspirés
consacrèrent quelquefois à sa mémoire des vers dont
les beautés ne furent dépassées en aucune langue.

Le Duc de La Vallière, dont la bibliothèque a
constitué le fond de celle de l'Arsenal, avait eu l'ex-
cellente pensée de grouper tous ces travaux épars
dont la mort du Béarnais avait été l'occasion. Nous
devons probablement, à cette pieuse curiosité du
Grand Seigneur, le salut de l'œuvre de Jean de
Garros inscrite au catalogue en ces termes : *Pastorale
Gasconne sur la mort de Henri IV,* in-8°. Toulouse,
1611. N° 9,490 — B. L.

Elle avait échappé aux recherches patientes de
Soleinne & de Brunet, de Paris, l'auteur si populaire
du *Manuel du Libraire* (2).

(1) Voir annexe A.

(2) Un ami bienveillant m'avertit que GUSTAVE *Brunet,* de
BORDEAUX, avait signalé un exemplaire différent de celui de la
Bibliothèque de l'Arsenal dans la *Revue de Gascogne* de 1872,
p. 537. C'est d'après lui un in-8° qui contient, après l'*Avis au
Lecteur,* deux pages de vers Grecs, Latins, Gascons, Espagnols,
à la louange de l'œuvre. Ce même livre aurait été signalé dans la
Revue d'Aquitaine de 1865, p. 141.

Aux observations qui précèdent, je n'ajoute qu'un mot. Les
deux pages de vers Grecs, Latins, Gascons, Espagnols, *à la
louange du livre,* ne sqnt certainement que la série d'*Epitaphes*
dont Gustave Brunet ne s'était pas rendu compte *de visu,* &
placées après *la Pastourado.*

Cet exemplaire, que nous croyons *unique* sans oser l'affirmer, fut égaré pendant assez longtemps. Sa découverte, par notre vaillant Michelet, est due non pas *à un heureux hasard*, comme il le dit modestement, mais à son infatigable persistance.

Ce spécimen rarissime de notre langue Gasconne, écrite par un magistrat lettré. ne pouvait pas déparer la collection des œuvres de *Pey de Garros*, son frère aîné.

Ainsi se trouvent en présence le maître admirable & le modeste disciple. En comparant les styles, les curieux pourront apprécier les modifications subies par la langue pendant l'espace d'un demi-siècle.

Nous avons déclaré déjà que nous voulions restituer à *Pey* la place légitime qui lui appartient parmi les Poètes du xvie siècle, & remettre en lumière l'œuvre du véritable fondateur de la langue Gasconne classique. Les linguistes, les amateurs de la littérature méridionale, les chercheurs de raretés bibliographiques, nous pardonneront sans peine d'avoir associé les deux frères Garros dans le même hommage, quoiqu'inégalement mérité.

AV LIBE

Per are, nous tauen taliat en peire marme,
Mès si tu es vn cop, de bon œil espiat,
Asseguret taleù, è iout iuri mon arme
En fin au tu seras, è perles enchasat.

I. G. L.

SVR LA PASTORALE

DE L'AVTHEVR

Berger, tous ces beaux vers, que nous vient entoner
Pour nostre Roy meurtry, ta Gascone musete,
Font que ce double honeur, on te peut bien doner
D'estre suiect fidele è excellent Poëte,

L. DE FABRE (1).

(1) Quel est l'auteur de ce quatrain si bien tourné ? Je l'ignore. Appartenait-il à la famille de *J. Fabre*, ce Protestant de Nîmes, qui se substitua, pour subir la peine du bagne, à son père condamné pour avoir pratiqué son culte ? Le Duc de Choiseul averti, le fit délivrer après six ans de fers ! !

AU LIVRE

Quant à présent, nous t'avons taillé en pierre de marbre,
Mais si tu es une fois de bon œil regardé,
Je t'assure que bientôt, & te jure sur mon âme,
Tu seras enchassé dans l'or fin & dans les perles.

I. G. L.

A MONSEIGNEVR
MONSEIGNEVR DE ROQVELAVRE
CONSEILLIER DV ROY EN SES CONSEILS
CHEVALIER DES ORDRES DE SA MAJESTÉ
È SON LIEUTENANT GÉNÉRAL EN GUIÈNE (1)

MONSEIGNEUR,

Il semble voire est très que raisonnable, Dieu nous ayant doné vn Roy des plus vertueux è magnanimes que la Chrestienté eut iamais produit, Gascon de nation, norry en la Gascogne, aymant sa patrie, è ses Gascôs (chose rare è non veüe puis le règne de Pharamond premier, Roy de France), qu'vn traistre inhumain è desloial parricide, nous a rauy sur ses bons ans, è lorsqu'il estait è qu'on le iugeait capable de se rendre Monarque de plusieurs Royaumes è Empires. Aprés auoir la France rendu vne infinité de souspirs è larmes sur la mort de ce grad Roys, que la Gascogne è les Gascons aussi, suiuant leur deuoir fissent décoler

(1) Voir aux Annexes B.

è ruisseler les siennes sinon condignes à ses mérites.
qui néantmoins rendissent tesmoignage du profond
du cœur, le regret è desplaisir qu'ils en ont, en leur
langue maternèle è naisiu (1). comme ils soint naifs
en leurs propos è actions. Ie suis certain, Monseigneur, que vous estes vn des principaux Sieurs è
Gentils-Hommes, qui auez senty è dans vostre cœur
è dans vostre àme, la douleur è amertume de ceste
mort inopinée è prodigieuse, è en soupirès encore tous
les iours auec vne infinité d'autres gens de bien, qui
en larmoient à tous moments : au nombre desquels,
quoy que ie ne sois qu'vn petit ver de terre, i'oseray
bien me compter auec de iustes occasions, è pour
aouoir perdu vn Roy de tel mérite enuers le public de
toute la France, è pour nous voir priuez de Nostre
naturel è Compte (2), lequel voioit de bon œil, tous
ceux de nostre maison, nous ayant faict resçentir de
ses bies-faicts après auoir remarqué nostre fidelité,
par ses charges qu'il luy auoit pleu nous commetre,
dont ie serais à bon droict réputé très ingrat, si sur ce
triste è lugubre inconuenient, ma Muse ne produisait
des estinceles du feu d'amour que ie portais à feu mon
Roy, è ne donnoit quelque signal de larmes que la
Gascogne rend d'ordinaire pour vne si sanglante
plaie, laquele nous deuons prier ce bon Dieu vouloir

(1) Natale.
(2) Comte.

consolider par le vertûeus accroissement de nostre bon Roy Louys è conduicte de la Roine regnante è Régente sa mère, conseil è union des Princes è Seigneurs de France, à quoy il nous faut attendre, voûe la concorde è tranquillité de laquele il faict iouyr presentement la France, par leur adresse, avec la foison de ses diuines grâces.

Or, Monseigneur, parce que ie voy côbien sont subiets à calomnie ceux qui exibêt quelque chose en lumière, i ay bien voulu vous dédier ce petit œuvre en langue Gascone, sçachant que vous estes Gascon, que vous aimez le païs è les gens de vostre patrie, et que vostre Gouuernement s'estend sur icelle, partant vous estant esleu tel (1). iose me prometre, que ie ne seray point sans protecteur è deffenseur contre mes Zoiles, m'appuiant de vostre authorité è clémence par ceste mienne adresse. Faictes moy donc cest honeur de prendre agré ce mien petit trauail, è auoir la patiêce qu'à certaines heures ocieuses (2) il vous en soict faicte lecteure. Vous y verrez, quoy qu'en bas stil, soubs lequel les grâds è plus antiêns Poëtes ont descrit l'estat genealogic. Epitalames, combats, amours è mort des grands Rois e Empereurs amplemet desduicts, les regrets de la mort déplorable de nostre feu Roy débonnaire e inueincu, l'atrocité du

(1) Eslu.
(2) De repos.

faict pernitieus du pendart traistre son assacineur : è
les biès heurs è graces que les Pasteurs souhaitent è
prient Dieu aduenir à nostre Roy régnant, comme ie
say aussi avec vn zèle extrême. Par mesme moyen,
ne pouuant vser d'autre reuenche, en vostre endroict,
pour estre mes reins foibles, ie le suppliray qu'il vous
doint en santé, longue è heureuse vie.

De Lectoure, ce dernier de Iuien 1610 (1).

Vostre plus humble et plus fidèle seruiteur,

I. D. G. L.

(Je traduis : *Jean de Garros Lectourois.*)

(1) Henri IV est assassiné le 14 mai 1610. *La Pastourado* est
dédiée six semaines après le meurtre.

AV LECTEVR, SALVT

Ami Lecteur, ayant esté requis, e semond par aucuns de mes bons Sieurs e amis, destaler è exposer en lumière ce mien poëme en langue Gascone ; Lâgue laquele semblera possible, scabruse, è difficile à plusieurs, pour estre peu polie è cultiuée, de tant que la langue Françoise a la vogue e est en grand recomendation, voire parmy la Gascogne, ou de l'ordonnance de nos Roys, tous actes se font, è escriuent en ladite langue Frâçoise : si que tout le monde tèche à bién è éloquement parler è escrire le François. Dont il aduient qu'on mesprise è ne faict on point estat d'illustrer la langue maternelle : a quoy si l'on s'attendoit i'oseray croire qu'elle ne cederoit à la douceur Italiene ny grauité Espagnole. Cela manquant, i'ay bien voulu te donner quelques aduertissemens en cest endroict, pour te faciliter les difficultez lesquelles pourroint t'arrester è destourner de la Lecture de ce petit œuure, soit pour l'orthographe, pronuntiation e variété des dialectes, desquels la Gascogne abonde autant è plus que ne faisoit antienement la Grèce, soit pour la signification des mots rares e particuliers, desquels l'on vse vers nos contrées. Ie te diray donc en ce que concerne l'orthographe, que pour ta plus grande comodité, ie ne me sers point de l'antien. Lequel s'approche fort de l'Italien è Espagnol, comme pourront aisement recognoistre ceux qui confereront les escrits Gascons auec les liures Italiens è Espagnols. Mais j'ay aduisé estre le plus conuenable ensuiure totalement l'orthographe François : quoy faisant il n'est ia besoing te doner beaucoup d'adresses, seulement te diray-ie que aliant l'orthographe François au Gascon, il conuient que tu saches qu'au lieu de deux sortes de E que l'orthographe François reçoit, diuers en pronunciation, l'un masculin, l'autre féminin, pour lequel le Gascon se sert d'un A légèrement prononcé, luy donnât le son dudit E féminin. Ce qu'on peut voir en ce mot, *cause*, que le Gascon escrit auec vn A, *causa*. Il vse encor d'vn E particulièremet, différent en pronuntiatiô aux deux susdits François : duquel aussi les Italiens è Espagnols se se seruêt, le pronoçant auec vne petite aspiratiô è pouçant doucement au dehors son halaine, comme en

ces mots, *Esto*, *questo*, *non meno*, *no menos* : Imitant l'air è son qu'on dòne ordinairemet aux Letres
que les Grammeriens appellent muetes, comme b, c,
d, è autres semblables : è de tel ε se sert souuent le
Gascô, lequel ie désire que tu remarques, vsant au
lieu de l'E ordinaire de l'Epsilon Grec (1) pour le dit
E Gascon en ceste sorte, ε : parce que la significatiô
des mots est beaucoup différente, escriuât iceux avec
l'vn ou l'autre susdit, e se seruant de l'E comun seulement, il y aurait confusion, è hesiteroit-on au vray
sens des paroles, par exemple : *ère* signifie *estait*; *ére*
signifie *elle*. Ces mots escrits en ceste manière, porte-
roint du doubte. Mais *ere* auec ε à la mode de l'epsilon Grec, sa pronuntiatiô, suiuât les susdits aduertissemens, mostrera que le mot se doit prêdre pour
elle. Ie retranche aussi le T de la conionction, è
comme superflu à l'imitation aussi d'aucuns escri-
uains François neotheriques (2) è des Italiens. Quand à
l'inteligence des mots, e variété des dialectes, cela te
sera descouuert en chacun des lieux qui sembleront
apporter quelque difficulté, plustost par voye de dic-

(1) Cette idée d'introduire l'ε Grec dans l'orthographe Gasconne avait sans doute été inspirée par la même tentative faite
par Le Trissin, dès 1524, pour donner place dans la langue Ita-
lienne à deux voyelles Grecques. Mais toutes ces innovations
n'eurent aucune suite.

(2) Νέος, nouveau.

tionaire, que autrement, le plus succintement qu il sera possible, pour ne t'estre ennuieux. Ce que ie tache de fuir, autant que ie désire ce mien petit labeur t'estre agréable, e que tu prospères en toutes tes bones actions.

A Dieu.

A MONSEIGNVR DE ROQUELAURE

SUR SON ENTRÉE EN LA VILLE DE LECTORE
COMME LIEUTENANT DU ROY EN GUIÉNE
LE 26 AOUST 1610

Si la terre a tremblé soubs l'heur d'un Alexandre,
Et triomphé de Gaule vn Cœsar généreux.
Si par le bon conseil du Numant, sage é preux,
Rome fut déliurée, è sa Carthage en cendre,
Quel plus grand bien dois-tu ce jour, Lectore, attendre,
Que ton Roy sur tous Rois heureux è valeureux,
Autresfois protecteur de tes champs plantureux,
Te subroge vn Achille afin de te deffendre ?
Sens tu pas tressaillir ton cœur, tes sens encor.
Preuoyant reuenir vn nouueau siècle d'or ?
Sus donc bruies, canons, fifres, tambours sans cesse,
Et vous Nymphes du Gers, semez vos fleurs passant,
Ce gran Seigneur Gascon, du Numant surpassant,
D'Alexandre e Cœsar, l'héur, conseil e prouesse.

RAISON GARDE.

PASTOVRADE GASCOVE

SVR LA MORT DEU MAGNIFIC ET POUDÉROUS ANRIC
QUART DÈU NOM
REY DE FRANCE È DE NAUARRE

ዋ ዋ ዋ ዋ

Entreparladous : IOVANON, PEYROT E' ANDRIV

(Argument de la Pastourade)

Deu pople acy l'om auch lous crics qu'enplouramens
Per Anric son bon Rey hè sur sa mort plagnude;
De son traidou meurtré, puch lous malasimens (1),
Eus bes queu Rey Louis nous porte à sa bengude.

PEYROT

Dou Iouanon, dou ben que contra ta nature,
1, 2 (2) Iout' bey matin è cé, tout pic pac, a lardure,

(1) Le Poète n'a pas exagéré l'expression des douleurs & du désespoir qu'éprouva la malheureuse Gascogne au moment de la mort violente de Henri IV (1610). Il n'est qu'historien fidèle. Henri, l'enfant du pays, était né à Pau en 1553, d'une mère Gasconne ou Béarnaise, c'est tout an. Ses sujets Gascons l'aimaient autant pour ses défauts, ceux de la race, que pour sa vaillance & les services rendus. Il éteignit la guerre religieuse qui désolait la contrée depuis un siècle. L'ordre & la prospérité furent le prix

PASTORALE GASCONNE

SUR LA MORT DU MAGNIFIQUE ET PUISSANT HENRI

QUATRIÈME DU NOM

ROI DE FRANCE ET DE NAVARRE

ꝗꝗꝗꝗ

Personnages : JEANNOT, PIERROT-ANDRÉ

(Argument de la Pastorale)

On entend ici du peuple les cris & les sanglots
Pour la mort si regrettée de son bon Roi Henri;
Puis les malédictions (1) contre son traître meurtrier,
Et les avantages que le Roi Louis nous porta à son avène-
[ment.

PIERROT

D'où vient Jeannot, d'où vient que contre ta nature
Je te vois matin & soir tout triste, sans cesse

de ses victoires. Les paysans ne devaient pas l'oublier. Les tradi-
tions populaires ont conservé le souvenir du plus glorieux de
nos héros : *Lou nost' Enric.*

(2) Avis. — Les chiffres imprimés en caractère gras renvoient
aux chiffres correspondants du Dictionnaire placé à la suite de
la *Pastourado.*

2

Corre per camps, per boscs, per serres, per arrocs,

3 Per seubes, per bruchous, è peùs més espes locs,

4 Per espias, per brocz eichuperats, è ségues,

5 E nes arriu, ny hont, ny barthe que nous siegues,

Palhe, trancit, doulent, aganit, pantaichan :

De lèrmes, tous deus oueilhs, ban a gran doutz pichan:

L'airé trenichs è hen, deus grans cricz que tu gites,

Que pot este aquero ! digues, en que cougites ?

Malastruc boles tu ton mau porta pascient?

E ses serca secous, leichat perde à dret scient,

Condem lous desaguis, qui t'an heitz, boy tu flaques?

A degus escornat tous buus, ou be tas baques?

6 Ajam biague ajam, jou besi ta h'erit

Que ioum temi quaciu, perderé l'esperit.

Sus couratge lou men, bos tu que ta flaquère,

7, 8 T'enhosse en lou couhos de la Pargue murtrère?

È leicha tous amics, ta moilhé, tous hillous,

Cargats dè coussirés, dè lermes è dè plous;

Qung pot esté ton mau, ay tu agut desgratie

Suus tous, sur ton bestia, ny sur arre quet placie ?

Diu merce tu n'as pas rason d'et contrista,

9 Ny per lou ben deu mon, sompsi, ny ganita.

Diu merce sont tas pens, tas prades, è tas lanes,

D'aueilles, baccadis, è cauarin prou granes.

Diu merce lou tribail nou manque, ny lou hems,

En tas bignes ny camps, è podès en tout temps,

10.11 Minja l'agnet, lou guit, lou pouret, lou hormatge,

Courir par champs, par bois, par hauteurs, par rochers,
Par forêts, par buissons & par lieux les plus inaccessibles
Par ronces, épines & haies;
Il n'est ruisseau, ni cours d'eau, ni bruyère que tu ne
Pâle, transi, gémissant, exténué, essouflé :   [suives,
Tes deux yeux vont répandant les larmes à grands flots:
Tu fends l'air retentissant des cris que tu pousses.
Qu'est-ce que cela peut-être! dis-moi, à quoi penses-tu?
Malade, veux-tu t'obstiner à porter ton mal ?
Et sans chercher du secours te laisser périr sciemment ?
Conte-moi les méchancetés qu'on t'a faites; voudrais-tu
Quelqu'un a-t-il écorné tes bœufs ou tes [succomber?
Je te vois si déraisonnable & si effaré   [vaches ?
Que je crains qu'ici tu ne perdes la tête.
Sus, courage ami, veux-tu que l'épuisement
T'enfonce dans le chaos de la Parque meurtrière ?
Et laisser tes amis, ta femme, tes enfants
Chargés de chagrins, de douleur & de pleurs?
Quel peut être ton mal ? As-tu éprouvé disgrâce
Sur les tiens, sur tes bêtes, ou sur rien qui te plaise ?
Dieu merci tu n'as pas raison de te contrister,
De convoiter ou de poursuivre les biens de ce monde:
Dieu merci, tes étables, tes prairies & tes landes,
Abondent en brebis, vaches & chevaux;
Dieu merci, le travail ne te manque, ni le fumier [temps,
Dans tes vignes ni dans tes champs, et tu peux en tout
Manger l'agneau, le canard, le poulet, le fromage,

Et ta plan lou tesson, que degun deu bilatge,
Ton oustau es ta plan amoublat per son tourn,
Que lom ne sapie nat, per acy alentourn :
Tous maines son poublats d'arbes de toute sorte,
La poume Campendut, si trobe en sason morte :
Lappie, Diu, Roze, Anis, Blanque, Musque, enchoua més
La qui ta plan lestiu, rougeie suus poumés (1)
La pere Bon Chrestian, Caillau Rousat, Musquete,
Bergamote, Grapaut, Certéu, nes pas soulete :
Latanade, Canèle, Ensucrade, Fin au,
Cadue en sa sason, nou manque en ton oustau.
Que diram deus Prués ? de la Date, Brignole,
12 Damas, Perdigon, Cypre om hè la pariole (2)
Quets an héit lous Rousas, lous Pabis, lous Brugnos,
Lauant-Pessec, Lauberge, è Laubricot chucous ?
Las notz, las aueras, las sorbes, é las méllas,
13 Dam Griots, Guindos, Guis. si arroillen las Mesples (3)
Aqu'os un Paradis térést en aquest mon,
Gaujous, on tout y creich, on de plases lom hon.
. 14 Lous arrius, è las hontz, y doutzen à tout houre,
Las ombres sur lardou, son ta fresque demore,
E de l'amou, quit dec tant de pene é turment,
15 Qu'eichenge de tau ben, housses mort subtament.
Be sac bale tabenc, coume estan la plus bére,

(1) La pomme d'Enfer, sans doute.
(2) L'auteur explique au petit dictionnaire *in fine* en quoi consiste ce jeu.

Ou un cochon, aussi bien que personne du village;
Ta maison est aussi parfaitement meublée pour sa part
Que nulle autre que je connaisse aux environs :
Tes champs sont peuplés de toute espéce d'arbres;
La pomme Capendu, s'y trouve en saison morte;
L'Apie,la Divette,la Rose,l'Anis,la Blanche,la Musquée
Celle qui si bien,l'été, rougit sur les pom- [encore plus
La poire Bon Chrétien, Caillou Rosé, Mus- [miers (1)
Bergamotte, Crapaud, Certeux, ne sont pas [quette,
Latanade, la Canelle, la Sucrée, la Finor, [seules;
Aucune en sa saison ne manque en ta maison.
Que dire des Pruniers ? de la Date, de la Brignolle,
Damas, Perdigon, Chypre, dont les enfants se font un
N'as-tu pas les Peches-roses, Pavis & Brugnons[jeu (2)
L'avant-Pêche, l'Auberge & l'Abricot juteux,
Les Noix, les Noisettes, les Cormes, les Amandes,
Les Griottes, Guins, Cerises, Néfles, qu'on remue à la
C'est un paradis terrestre, en ce monde, [pelle (3).
Riant, où tout abonde, où l'on a tout à souhait.
Les ruisseaux & les fontaines y jaillissent en tout temps;
Les ombres pendant la chaleur sont ta fraîche demeure.
(Que dire) de l'amour, qui te donna tant de peine & tour-
Que privé de ce bien tu en serais mort assurément. [ment
Elle le valait bien, comme étant la plus belle

(3) La variété de ces fruits & leurs espèces sont encore cultivés
dans le pays sous les mêmes noms pour la plus grande partie.

16 La més sauie que hous, en toute noste Esquére (1).
Quan de cops té iou bist, en guisan sous moutous,
Las peades segui de sous bétz sabatous :
Tantos per lous pastencz, tantos per las montagnes,
Tantos peus estouillas, tantos per boscz é branes :
Tu n'auies nat paus, dique aués encontrat
Aquère quit hasé mouri per sa beutat.
17 Lou soureil nout' troubec iamés deguens la couque,
Ta matin qu'es leués, ny suu punt qu'et se couque ;
Tout iourn arrebeillat, é en toute sason
Prést per dise on se hous. quauque bére canson,
18 An d'adouci lou co de t'amou esquerere,
Ares dam lou clarim, are am la calamère :
19, 20 E nère bote (2) au tourn, ny sentouratge (3) nat,
On quing ausart que hous, nous troubésse enganat,
21 Sit' cresé ten pourta, à la gourre (4), à la luthe,
22 A larc, aus tres-quillous (5), a touca la laüthe :
23 Lous pastous, lous bouès, més noumeatz que hétz,
Neren prop tu sur toutz, tun'portaues lou prétz.
Quis cambis son asso : parle, arrespon, que pences ?
Assos per trop farçat, quignes son tas deffences ?
Qu'as, lou men, pren couratge, on pot trouba confort,
24 Per tout qu'au pas esqu de la trop haube mort.

(1) Petit ruisseau qui coule dans la Vallée de ce nom à l'Est de Lectoure.

(2) *Bote-Boto*. Fête votive, annuelle du Saint, patron d'un lieu, d'une Commune. Elle était l'occasion de réjouissances après les Offices.

Et la plus sage qui fut dans toute notre Esquère (4).

Combien de fois t'ai-je vu surveillant ses moutons,

Suivre la trace de ses jolies chaussures :

Tantôt dans les pâturages, tantôt sur les hauteurs,

Dans les chaumes, tantôt à travers bois & bruyères.

Tu n'avais pas de repos que tu n'eusses rencontré

Celle qui te faisait mourir par sa beauté.

Le soleil ne te trouva jamais dans le lit

Pour si matin qu'il se levât, ou sur le point de se coucher;

Toujours éveillé, & en toute saison,

Prêt à dire à propos quelque jolie chanson,

Pour adoucir le cœur de ton amoureuse revêche,

Tantôt avec le hautbois, tantôt avec le chalumeau :

Et il n'était de fête votive (1) ou de Saint (2) aux environs

Ou un audacieux quel qu'il fût ne fut déçu,

Espérant te vaincre à la boule (3) à la lutte,

A l'Arc, aux trois Bouchons (4) ou à toucher du luth;

Les Bergers, les Bouviers les plus renommés

N'étaient rien près de toi; tu emportais les prix...

Quel changement est ceci ! parle, réponds, que penses-tu?

La plaisanterie a assez duré, quelles sont tes raisons ?

Qu'as-tu, ami, prends courage, on peut trouver consola-

Partout, sauf au pas obscur de la mort fauve.   [tions,

---

(3) *Sentouralge*. Foire ou louée des domestiques. Elle se tient dans un certain lieu le jour de la fête d'un Saint.

(4-5) L'auteur explique dans son Dictionnaire en quoi consistent ces jeux.

IOUAN

25 O mort, heroutge mort, a daûgus mas que douce,
26 Tum' seres sit plasé, marboune are en ta hoce;
Poiri iou biue las, biue poiri iou las,
Aprop aue perdut, mon soustien, mon soulas ?
27 Mon paues, mon renfort, mon maintien, è ma bite,
Qui ses è nou pot este au mon que fort petite :
Mon méste, mon Seignou, Rey de touts lous pastous,
28 Lou maiourau de touts, qui hasez mous moutous
Agnétz à buus, per tout péiche en assegurance :
Sit calé courre au loup, é ére cap de dance,
29 A la boup, au sangla, plus léu et housse mort,
Que souffri que degus nous hesse cauque tort :
Hardit come un Léon. balent come lespase,
Et tengué toute neit, ardente sa lampase,
En beillan, escoutan, qui sere tant ausart,
Qui prene gausare, suus sous la mendre part.
Lous lairous montagencs, tant quet hourouc en gouarde,
Nou sa proupien de pou, quet nouus dés sur la harde (1).
Nieus morous bazanatz (2), marranous (3) qui son loups,
E gouereien, nou pas dam her, mas come boups.
Ha men nous te perdem, quan de pou de ta gouerre,
30 Deu leuat, dique au couq, hasez treni la terre,
Ares nous poudem plan, carga lous esperous,

(1) Mot à mot : qu'il ne leur donnât sur le linge.
(2) Bohémiens ou Espagnols.

JEANNOT

O mort, farouche mort, à certains plus que douce,
Tu me serais agréable en m'enfouissant à présent dans
Hélas! pourrai-je vivre, hélas! le pourrai-je, [ta fosse.
Après avoir perdu mon soutien & ma joie,
Mon bouclier, mon protecteur, mon défenseur, ma vie
Qui sans lui dans ce monde ne peut être que bien petite :
Mon Maître, mon Seigneur, Roi de tous les pasteurs
Le Souverain de tous, grâce auquel, mes moutons,
Agneaux & bœufs, paccageaient partout en sûreté.
S'il fallait courir au loup il était chef de danse,
Comme au renard, au sanglier; il serait mort plutôt
Que de souffrir que personne nous fit quelque préjudice.
Hardi comme un lion, vaillant comme l'épée,
Il tenait toute nuit sa lampe allumée,
En veillant, écoutant qui serait assez audacieux
Pour oser prendre aux siens la moindre chose.
Les voleurs montagnards, tant qu'il fut en garde,
Ne s'approchèrent, de peur qu'il ne leur tombe dessus (1)
Aussi les Maures basanés(2) vagabonds(3) qui sont loups
Qui guerroient non pas avec du fer, mais comme renards :
Hélas! nous te perdons, quand la peur de la guerre
Du levant jusqu'au couchant faisait retentir la terre.
Nous pouvons bien charger les éperons à présent,

(3) Pour *manarrous* sans doute.

31 E huge on mes pouscam dam beace è sarrous.

Et cau que nous leichem, malastrucz nostes bignes,

32, 33 Nostes maines besiatz, e mudem de couhignes,

34 La doucou deu païs, nostes barreitz pintouatz

Las plantes prengs, lous camps prestis desta segatz :

Sus sus prengam camin, lous us a la dressere

35, 36 Deu souledre daurat, lous autes a la sphère

Ou lou soureil s'adrom, lous autes au Iapon,

37 Au tourrat Tartarin, qui hourre son gipon

Dysariz é petz d'agnetz, ou be entau nauet monde,

On a force baquantz, e la on nou hen coude

De se besti, mas ban nutz en toute sason,

38, 39, 40 Arrimats, coueits deu houec deu celestiau

Plan podiem planta, empeuta, hè passades   [tison.

41 Peùs casaus, é dressa de dret las auoumades :

Hé gabinetz de Mirth, de ledre, de Laures,

42 D'Arousés, Gençamin, è Cassouatz surres :

E puch tout a lentour, hey da laigue corrente,

43 Qui dab son gourgouillis, a bertut adroumente.

A qui arrebeillatz, nousautz poudiem plan

44 Bara segus, canta lou laus deu gran Diou Pan.

45 Ha souldat desaguat, ares be ben ta heste (1),

Tu b'arrises maichant; mes que brume, ny peste,

---

(1) Tous nos Poètes des xvɪᵉ & xvɪɪᵉ siècles sont pleins de malédictions contre la soldatesque de ces temps de malheur à laquelle
il était impossible d'échapper. Les chefs de ces bandes recrutées
un peu partout, jusqu'en Allemagne, & organisées pour se com-
battre en apparence, étaient toujours d'accord pour piller. Ainsi

Et fuir où plus nous pourrons, avec besace & pannetière :
Il faut que nous abandonnions, désolés, nos vignobles
Nos charmantes demeures, & changeant de limites,
La douceur du pays, nos guérets peignés,
Les récoltes mûres, les champs prêts à faucher :
Sus, sus, prenons le chemin, les uns à droite
De l'Est doré, les autres à la sphère
Où le soleil s'endort, les autres au Japon,
Ou vers le Tartare glacé, qui fourre son vêtement
De peaux d'izard ou d'agneau, ou vers le Nouveau Monde
Où sont force friches, là où l'on ne fait compte
De se vêtir; mais ils vont nus en toute saison,
Brûlés, cuits au feu du Céleste tison.
Nous pouvions bien planter, greffer, faire des allées
Dans nos jardins, faire des avenues régulières d'ormeaux
Tailler des tonnelles de myrthe, de lierre, de lauriers,
De rosiers, jasmins, de chênes liéges;
Et puis conduire à l'entour l'eau courante,
Dont le doux murmure invite au sommeil.
Là, éveillés, nous pouvions bien
Danser assurés, chanter les louanges du Dieu Pan.
Soldat pillard, voici venir ta fête (1)...
Tu ris, plus méchant que brouillard ni peste,

un chef Catholique, par exemple, après avoir consciencieusement
rançonné, abandonnait à piller à un chef Protestant le Canton
qu'il devait protéger; mais à charge de revanche bien entendu.
 Henri IV avait eu raison de tous bandits généralement titrés,

46 Tut'peiches, e de sang, d'ancimens, é de plous
47 Deu poble arrigoulat de pan coueit ab doulous :
Ha tacaing, sera dit, que la gent estrangère
Dam tu bengue minia noste terre naueré?
Que nous aiam per tu susat, é tribaillat(1),
E que horebanditz noste ben t'es baillat ?
Que lom nou pousque plus, canta sur la montagne,
En peiche sous troupetz, ny sur la berde plagne ?

PEYROT

Enchouare, mes Iouanou n'auras tu iames heit,
Bos tu toustem au co porta lou cousent treit
Quit ponche neit é iourn, é ton cerbet he houne.
48,49 Com un grichon, ta bite en calean cenhoune ?
Quan ton pay sere mort. ta may, é toutz lous tous,
Et te cau acaba, tous cricz trop hastious :
50 Huge nous nou poudem lous haiz ny mes las causes,
51 Qu'au mes segret consseil deu Dieu Iaus son enclauses
Despuch lou cap deu Mon; n'aquo enque lous Dius
Bolouen assubieca lous mourens, é lous bius :

(1)   At nos hinc alii sitientes ibimus Afros,
       Pars Scythiam, & rapidum Cretœ veniemus Oaxen,
       Et penitus toto divisos orbe Britannos.
       En unquam patrios longo post tempore, fines,
       Pauperis & tuguri congestum cespite culmen,
       Post aliquot, mea regna videns mirabor aristas ?
       Impius hæc tam culta novalia miles habebit ?
       Barbarus has segetes ? En quo discordia cives

Toi qui te repais de sang, des chagrins & des pleurs
Du peuple sustenté de pain cuit dans les douleurs.
Oui, méchant, il sera dit que la gent étrangère
Viendra avec toi dévorer notre terre renouvelée?
Que pour toi nous aurons sué & travaillé (1),
Et que bannis, notre bien t'est donné?
Que l'on ne puisse plus chanter sur la montagne,
En paissant ses troupeaux, ni sur la verte plaine?

PIERROT

Encore! n'auras-tu donc jamais fait, Jeannot,
Veux-tu porter toujours au cœur le trait cuisant
Qui te poind nuit & jour, & fait dissoudre ton cerveau?
Ta vie s'amoindrit comme un résidu de graisse à la fonte.
Quand ton père serait mort, ta mère & tous les tiens,
Il faudrait cesser tes cris trop importuns.
Nous ne pouvons fuir ni les faits, ni les causes, [Jupiter
Qui sont enfermées dans les conseils secrets du Dieu
Depuis le commencement du Monde ; ainsi, les Dieux
Ont voulu assujettir les morts & les vivants:

> Perduxit miseros! en quis consevimus agros!
> Insere nunc Meliboee pyros! pone ordine vites!
> Item meæ, felix quondam pecus, ite capellæ:
> Non ego vos post hac, viridi projectus in antro,
> Dumosa pendere procul de rupe videbo;
> Carmina nulla canam; non, me pascente, capellæ
> Florentem cytisum, & salices carpetis amaras.
>
> (VIRG. *Buc.* I)

52, 53 En baganau tutet. tut turmentes, è lances,
Que per tous cricz ny plous arre mes tu n'auances.
Caret, murtreres son las Pargues, é nan pas
Coustume d'alongua noste bite d'un pas.

IOUANON

O Terre, o Ceu, o Ma, Astes, é Dius amasse,
Auetz bousautz patit. qu'aquere noble race
54 Deus santz, Lyris antiqz, houssen traidourament.
Dab un coutet murtré, heritz ta biuament.
Quan la sang innoucente, en lestrete carrère
55 A hioles cudec he neiche ue ribère?
56, 57 Tacagn arrescuse, truant mau acarat,
Quigne rauje t'aue la biste caperat,
Lou sen, lentenement, que ton co plen d'audacie,
Tout d'un cop s'arroncés dessus la douce facie
D'un anioulet deu Céu, de l'unctat deu bon Diu,
58 Tout bon, tout amistous, que suu poble caitiu
Et elegic pastou, gouaiton, é sa condute,
59 L'arbaiament deus maus,deus maichans la dehute,
Lou soustien, lou pihorc, deus caiutz am maus hicz,
E deus praubes qui son ses abric, ses amicz,
60 Per heu arregauta sa biue amne empourpade,
61 E tantouilla tas mas, en sa sang ta plourade?
Que tant queu Mon sera, nous, è lous qui biran
Aprop nostes neboutz, malaus sen sentiran.
Ha maichant malasit, tu n'as pas abeusade,

En vain, petit tuyau, tu te tourmentes, tu te désoles,
Tu n'avanceras rien avec tes cris & tes pleurs.
Calme-toi : les Parques sont implacables, & n'ont pas
L'habitude d'allonger notre vie d'un pas.

JEANNOT

O Terre, ô Ciel, ô Mer, Astres & Dieux ensemble,
Comment avez-vous permis que cette noble race
Des Saints, Lys antiques, fut traîtreusement,
Et si brusquement frappée avec un couteau meurtrier;
Quand le sang innocent, dans la rue étroite
Tomba en jaillissement, à faire naître un ruisseau.
Méchant sournois, bandit à face ignoble,
Quelle rage avait voilé tes yeux,
Ton bon sens, ton entendement, pour que ton cœur plein
T'ait précipité, tout à coup, sur la douce image [d'audace
D'un ange du Ciel, de l'oint du Seigneur,
Tout bon, tout bienveillant, que pour le faible peuple
Il élut pasteur, gardien, qu'il fut sous sa conduite,
La préservation des maux, la déroute des méchants,
Le soutien, le pieu des tombés & des mal plantés,
Des pauvres qui sont sans abri, sans amis,
Pour lui faire vomir sa noble âme empourprée,
Et tremper tes mains dans ce sang tant regretté?
Tant que le monde existera, nous & nos successeurs,
Après nos arrière neveux, en souffriront encore.
Va, méchant maudit, tu n'as pas rendu une seule

Ue soulete hemne, ans ue milantade.

Quan d'enhans despairatz, quan d'oustaus desoulatz,

Quan de gent desperance as tu arreculatz ?

Quan de maines lourïtz, é bourgatz é bourgades,

Seran, per tu damnat, diqu'au pè deroucades,

Qui s'arreleuara ? om es plus leu pergut,

Aprop un meste nau, qu'om non es counegut.

62 Poitron, arregagnat, digues nous on pot este,

Qu'as apres dargouaita ton Seignou, ton bon méste ?

Per acops de coutetz la bite destremau,

63 Lou Reaume é nousautz coulouma de tout mau?

Tut' pençaueus, beleu, te serbi de leichemple,

Per hè dura ton nom (1), deu qui boutec lou Temple

De Diane, en carbous, mas tout son maichant heit,

Nempachec que plus bét, nou housse aprop rehéit.

Ha plagons au Din Pan. qu'ubrin la més petite

E gran bee deu cos, iou pouscoussi da bite (2) :

(1) Erostrate d'Ephèse, homme obscur, qui pour immortaliser son nom brûla le temple de Diane, une des sept merveilles du monde.

(2) Pan, comme Osiris, avec lequel il est souvent confondu, représentait les influences favorables contre le méchant Typhon. Peut-être le Poète a-t-il voulu rappeler les expériences *de la transfusion du sang*. L'emploi du sang, comme moyen de régénérer les forces, remonte à l'époque la plus reculée. Il fut utilisé d'abord en bains ou en boissons. Cette pratique fut suivie à Rome & à Carthage avec le sang des agneaux. des génisses, quelquefois même avec le sang humain.

La première tentative de transfusion paraît avoir été faite sur

Femme veuve, tu en as fait par milliers :

Combien d'enfants orphelins, que de foyers désolés;

Combien de gens as-tu reculés d'espérance ?

Combien de maisons fleuries, de bourgs, de hameaux,

Seront grâce à toi ruinés, démolis jusqu'aux fondements :

Qui les relèvera ? On est perdu plus tôt

Auprès d'un maître nouveau qu'on n'en est connu.

Poltron révolté, dis-nous, où tu as pu

Apprendre le guet-apens contre ton Seigneur et ton

Pour à coups de couteau détruire sa vie. [bon Maître?

Tu as comblé le Royaume & nous-même de tous maux?

Tu as pensé peut-être, à suivre l'exemple,

Pour perpétuer ton nom (1), de celui qui incendia

Le Temple de Diane; mais sa méchante action

Ne l'empêcha pas d'être reconstitué plus beau;

Qu'il plut au Dieu Pan qu'en ouvrant les petites [vie (2).

Et les grandes veines du corps, je pusse lui rendre la

---

le pape Innocent VII en 1492 : Un médecin Juif essaya de ranimer les forces du vieillard par la transfusion du sang d'un jeune homme. La tentative fut renouvelée par trois fois, avec trois sujets différents, auxquels elle coûta la vie, l'air ayant pénétré dans leurs veines. Le Pape, d'ailleurs, mourut quelques jours après.

Cet échec devint funeste à la méthode. Cependant au xviie siècle, elle se ranime, grâce à la découverte de la circulation du sang par Harvey. Mais en 1668, à la suite d'insuccès nombreux, la Faculté ayant protesté, Le Chatelet rendit une Sentence qui « ne permettait la transfusion du sang qu'*avec l'approbation de quelques médecins célèbres* de Paris. » Cette sentence ruina la méthode, qui a été, paraît-il, reprise dans ces dernières années.

Quantis souspis, sanglotz, gitari iou dam plous.

Sitz pouden acaba nostes maus è doulous.

64 Un delauas deu Céu semblare que caiousse,

65 Ou qu'un delubi gran sur la terre hounousse :

66, 67 Mes praubes desastrucz, en nat courtiu, ny ort,

Remedi nou se pot trouba contre la mort.

68 Hilh malasit d'hyher, dequing helon couratge

Ten ez tu pres au Rey lon prumé de tout age,

Tout franc, tout iust, tout sant, simple, e plen de bouentat:

Que t'aué héit murtré, qu'atau laies tractat?

Tu n'ez nescut de may douce, ny piatadouse,

Iou crey que tu es hilh de cauque superbiouse,

69 De cauque loube, ou draque, Ousse, ou mes si tu bos,

70 Dù Lauparde enchoua (1), qui n'a queu diable au cos

71 Las maities au senc, é qu'en arre nou pence

Que de sang, é de mortz hè sa bite é despence;

72, 73 Iou cresi qu'ere ta de biueres nouirit,

74 De serps, serpents, grapauts, è d'un lausert poirit,

Don ere empousouéc ton co, la pousouére (2).

75 De biterne la may, mastresse sourtilhére,

Per te poussa de hè, deu més berenent héu,

Lou cop dou lous cantous pudichon, é lou Céu:

Lous aires, lous arrius, cros é la terre toute,

Bergougne an de tous heitz, en plouren goute à goute,

---

(1)   Sed duris genuit te cautibus horrens

Caucasus, Hyrcanœque admorunt ubera tigres.

Æneid. lib. 4.

Que de soupirs & sanglots je jetterai, avec des pleurs,
Si nous pouvions achever nos maux & nos douleurs:
Il semblerait qu'une averse tombât du Ciel,
Ou qu'un grand déluge fondit sur la Terre;
Mais, pauvres malheureux, en nul jardin ou verger,
On ne peut trouver remède contre la mort.
Fils maudit de l'Enfer, de quel félon courage
T'en es-tu pris au plus grand Roi de tout âge,
Tout franc, tout juste, tout saint, simple & plein de bonté:
Que t'avait-il fait, assassin, pour le traiter ainsi ?
Tu n'es pas né d'une mère bonne ou accessible à la pitié;
Je crois que tu es fils de quelque folle d'orgueil,
De quelque louve ou reptile, Ourse, ou si tu veux,
D'une léoparde furieuse (1) qui n'a que le diable au corps
Du matin au soir, ne pensant à rien
Qu'au sang & aux morts dont elle fait sa vie & nourriture
Je croirai qu'elle t'a alimenté de vers de terre
Serpents, vipères. crapauds ou de lézards pourris,
Dont la Sorcière empoisonna ton cœur (2), la scélérate;
Cette mère des Enfers, maîtresse magicienne,
T'abreuva du plus venimeux fiel, pour te pousser
Au crime dont on a rougi dans tous recoins : Et le Ciel
Les airs, les ruisseaux, les antres, & la terre entière
Ont honte de tes faits, & en pleurent goûte à goûte.

(2) Je dérive *galenet* de γαλῆ, belette (petit) animal très cruel.

lou gausi auança, qu'enchouare lous Yhers,
Bergougnaren per tu, be que sien esquers :
Ses la gran pou qu'auen Pluton, é Prouserpine,
76 Eu can aus tres lairas, que gaignes lou cetine,
Nettun diu de la Ma, ques mes, ans lou diu Mars,
Tant et ere balent, creignen sous treitz ausars;
Tu las aucit pertant, galenet (2) plen de bici,
Surpres ses arre en man, e dab gran traidourici.
Per tu quis mes maichant ? à ton pay launou failh :
Tu cudes he sclata, ta may sur ton tribailh,
Coume lous Biperatz neichens hen la Biupere,
Bes aquet desastruc, qui ben de taus espere.
Doli de notz é rude, e pourcine pudents,
Tu hous tabe batiat, seignau deus maus pendentz,
Luciher houc Pairin, Meduse ta mairie,
Quit' dec de toutz lous maus, la brustie en astrugie;
Clote, Atrop, Lachesin, sept cops en Phlagetoun,
Te baignen, en le Stic, Couchit, è l'Aqueron :
77,78,79 La graule, lou Cahus, é la neitau Bresaugue,
80 Espauentans, ugglem, ton houre trop primaugue.

PEYROT

Boy, las! quem condes tu & me semble, Iouanon,
Que nous aiam pergut, la lutz, é ben deu mon,

(1) *Sorcière, empoisonneuse* sont synonimes dans notre langue.
Autant qu'il est permis d'affirmer en pareille matière, les sor-
cières appartenaient aux Déesses Infernales appelées les Furies

J'oserai affirmer, que les Enfers encore
Auraient vergogne pour toi, bien que réfractaires.
Malgré l'horreur qu'inspirent Pluton & Proserpine,
Le chien aux trois gueules, tu as gagné le siège au-dessus.
Neptune, Dieu de la mer, bien mieux, le Dieu Mars,
Tant il était vaillant, craignait ses traits audacieux.
Tu l'as cependant tué, petit fauve plein d'astuce,
Surpris les mains vides & en grande trahison.
Qui est plus méchant que toi ? tu déshonores ton père :
Tu dus faire éclater ta mère en ton enfantement,
Comme les vipereaux naissant font de la vipère;
Tu es bien ce méchant produisant de tels résultats.
D'huile de noix, de rue, & d'urine de porc puante,
Tu fus aussi baptisé, signal des maux présents;
Lucifer fut ton parrain; et Méduse, ta marraine
T'a donné de tous les crimes l'astuce & la brutalité.
Clotho, Atropos, Lachésis, sept fois t'ont trempé dans le
Dans le Styx, le Cocyte & dans l'Achéron. [Phlegethon
Le Corbeau, le Hibou & la Chouette oiseau, des ténèbres
Epouvantés, beuglèrent à ta venue trop hâtive ?

PIERROT

J'admets hélas ! ce que tu contes, & il me semble, Jeannot
Que nous avons perdu la lumière & le bien du monde

qui, chargées quelquefois de punir les crimes des hommes, four-
nissaient à leurs fidèles les moyens les plus subtils pour les com-
mettre impunément.

Anric Rey deus pastous, noste soustien è glorio,
Per un traidou murtrè. de damnade memorio.

IOUANON

Aquos atau Peyrot, tu dises trop bertat,
81 Mourphet enchouare‾aneit, me la representat
82,83 Suu prume droumilhon, traucat de dues plagues,
84 Don lou traidou, la mort, tristgouasardon, è pagues
Deus tribailz, è deus maus quet a suffert per nous,
En cassan lous lairous de toutz nostes cantous:
Beillan, courren, susan é la néit è lou diè,
85 Per gouarda nostes buus é dique la garie.
Lou praubet m'arrapan la man sur mon repaus,
Entamouec dam souspis, lou hiu de son perpaus,
E dam boutz tremoulante a dise atau coumence :
Iouanon lou men Amic, beci la recompence.
86 Deus tribails, deus eichors, de las perdes é maus,
87 Suffertz per affranqui touts nostes aryaus,
Per hè la patz pertout, arresta la coulere
88 Deu besin bazanat (1), qui de sa man murtrère,
Boule mon poble aucise, é portan tout atailh
Mon Reaume è lous bes deus mes, è lou tribailh.
Tu m' bezes courre en sang, plagat, traucat ses hise,
De ma bite alonga d'un soul iour à ma guise.
Un traidou malastruc, barbar, inconegut,

(1) Les Espagnols.

Avec Henri, roi des Pasteurs, notre protecteur & gloire,
Par un traître assassin, d'abominable mémoire.

JEANNOT

Il en est ainsi, Pierrot, tu ne dis que trop vrai :
Morphée me l'a encore montré cette nuit
Sur le premier sommeil, troué de deux blessures
Par ce traître; la mort fut le triste profit & salaire
Des travaux & des maux qu'il a soufferts pour nous,
En chassant les larrons de tous nos cantons :
Veillant, courant, suant & la nuit & le jour,
Pour protéger nos bœufs & jusqu'à nos poules.
L'infortuné saisissant ma main dans mon sommeil,
Entama avec soupirs le fil de son propos.
D'une voix tremblante il commença à parler ainsi :
Petit Jean, mon ami, voici la récompense
Des travaux, des efforts, des pertes & des maux
Soufferts pour affranchir tous nos hameaux,
Pour faire la paix partout, arrêter la colère
Du voisin Basané (1), qui de sa main meurtrière
Voulait détruire mon peuple en masse,
Mon royaume, les biens de mes sujets & leur travail :
Tu me vois courir ensanglanté, blessé, troué sans espoir
De prolonger ma vie d'un seul jour à ma guise.
Un traître misérable, barbare, inconnu,

Ses gitat suber my, é ma la bité agut
Dam dus cops de coutet, sur la plane carrère,
Talèu datz, talèu prés, de sa man escarrère,
Que iou, ny nat deus mes nou pouscoum arbaia,
Lou coutet don prusent, m'anec coutereja.
89 O desaste crusau, qui perbesi pouscoure
A taus cops desperats, heitz en un moument d'houre,
90 De la man d'un subjec, a son meste courau,
Qui jamès nou nousouc, ny hec a degun mau
Qu'a jou medich, é trop per mespresa ladresse,
De hugi lous dangés penutz sur ma cabesse.
91 Mon metge m'en auè baillat deus sentimens,
92 E herré Thoulousenc (1) cauques ensegnamens:
93 Tout aquet jour, lou co m'periquec de sa darde,
Mas jou pauc saui entant, nom' sabu da de gouarde:
L'om nou pot escapa lou hat determinat.
Que jou cresi Cesar, que tu hous estounat,
Quan tut' bis pugnala, suu ce de ta Calandre (2),
Deus amicz, coume jou mespresan ta Cassandre (3).
B' ac dichou tu Tiran, quan hés pene d'un hiu,
Soupan l'estoc suu cap, d'aquet daui subtiu:
Que la bite deus grans, es en un hiu penude,
Et qu'un coutet mourtau sur sous caps s'aremude.
Prenetz eichemple en my, lous mes hilz, aprenetz
95 A mon dam n'esta pres aus medichs ausapetz;

(1) Voir au dictionnaire à la suite.
(2) Id.

S'est jeté sur moi & m'a oté la vie
De deux coups de couteau, au milieu de la rue,
Aussitôt frappés, aussitôt reçus de sa main scélérate;
Ni moi, ni aucun des miens ne put détourner
Le couteau du hargneux qui ainsi me coutela.
O désastre cruel, qui pouvait prévoir
De tels coups désespérés, perpétrés en un moment
Par la main d'un sujet, sur un Maître affectueux,
Qui jamais ne préjudicia ni ne fit mal à personne -
Qu'à lui-même, en dédaignant trop la finesse
Pour éviter les dangers suspendus sur ma tête :
Mon médecin m'en avait donné deux avis,
Et quelques renseignements: Il était Toulousain (1),
Tout ce jour le cœur me becqueta de son dard : [garde :
Mais moi cependant peu sage, je ne sus me donner de
L'homme ne peut échapper à son destin fixé d'avance.
Je crois César, que tu fus bien surpris.
Quand tu vis jouant des poignards le soir de ta calande (2)
Des amis, ayant, comme moi, dédaigné ta Cassandre (3)
Tu le dis toi, Tyran, quand tu fis suspendre à un fil
Un glaive sur la tête d'un convive enseignant subtilement
Que la vie des grands est suspendue à un fil,
Et qu'une arme meurtrière s'agite sur leur tête.
Prenez exemple sur moi, mes fils, apprenez
Par ma perte à ne pas être pris au même piège;

(3) Id.

Noutz hiseitz de quadun, é nou prestetz laureille,
Qu'aus bailets esprouatz; hazetz coume labeille,
96 Qui per teiche è basti la bresque d'un bon meu,
Causis las millous flous qui son débat lou Ceu.
N'apropies Louiset, cadaun de ta care,
Entr' aquets qui dam tu parlaran, boute barre:
97 Heus espia tout prumè qu'an au senc, à las mas,
De peille cambie souen, è souen nout muches pas :
Parle pauc, ten segres ton co, tas entrepreses,
E las bies de Diu tengues sur tout apreses :
Aunoroû, è creing lou, puch ame tous subjecz,
Per gandit' de las mas de toutz lous mauhasecz.
Aichinq & te dara longue bite è astrugue,
E si nou partira que nat tacaing destrugue
Tas terres ni lous tous, tous botz acomplira,
E ton amne a la prop contente au Céu ira.
Louis augisse tu la butz de mas paraules,
E pouscousses jutja que jou nout condi faules :
Tu n'escoutès ma butz, è ta trende jouentut,
Comprene nou poire de mous ditz la bertut;
Mas Iouanon, tu qui es estat a mon serbici,
Quing temps qu'aje corrut, heu aquet bon aufici,
Déu conda lous perpaus, qu'are jou te condatz,
98 E heus y acoura per arrecoumandatz,
99 De son pay sur l'adiu de queste bite marthe
100 De misere, de plous, é de tristesses harte;
Sa may ten sabera, dab toutz lous sous, bon grat,

Défiez-vous de chacun, & ne prêtez l'oreille,
Qu'aux serviteurs éprouvés; faites comme l'abeille
Qui pour établir & approvisionner la ruche de bon miel,
Choisit les meilleures fleurs qui soient sous le Ciel.
Ne laisse pas approcher, petit Louis, chacun de ta face :
Prends tes précautions avec ceux qui te parleront :
Fais examiner d'abord ce qu'ils ont au sein, à la main;
Change souvent d'habit, & montre-toi fort peu :
Parle peu, tiens secrets ton cœur, tes entreprises;
Que tu tiennes apprises surtout les voies de Dieu :
Honore-le, & crains-le, puis aime tes sujets,
Pour être garanti des mains de tous les malfaiteurs :
Ainsi il te donnera longue & heureuse vie,
Et ne supportera pas qu'aucun vaurien détruise
Tes terres ou les tiens, & il accomplira tes vœux :
Et ton âme, ainsi contente, au Ciel s'en ira.
Louis, que tu comprennes le sens de mes paroles,
Et puisses-tu apprécier que je ne dis pas des fables :
Tu n'écoutes pas ma voix; & ta tendre jeunesse
Ne peut comprendre la vérité de mes paroles.
Mais toi, Petit-Jean, qui as été à mon service,
Quelque temps qui se soit écoulé, rends-lui ce bon office
De lui répéter les paroles que je viens de te conter;
Et fais-lui accepter, comme très recommandées
Par son père martyr, disant adieu à la vie remplie
De misère, de pleurs & de tristesses :
Sa mère, comme aussi tous les siens, t'en sauront gré;

E james nout sera de ta gran ben engrat:

101 Au medich hust toustem bon sembla las esteres,

Las semences au frut, é si cauque temps éres

Per biue ab Diu dauant, tut' beires majourau

De cent mile, é non pas d'un soulet ayriau:

Et es, de pay é may, qui en tout semblen Langle

102 Qui couloumes nou pon, é sous piotz nestrangle

Au niuh, ans leue tant, quetz ban prop deu Soureilh,

Et promet ja caucom ta gran quet na pareilh:

Toute la pou qu'om a, questan en son bas atge.

Cauque lairon besin susprengue son bilatge,

Sous maines, sous bousquetz, é las poucessious,

Quet ten de sous aujos, afiusades aus sous:

Mas aquet gran Diu, Jaus, qui terre è Ceu empare,

Nou leiche sous pepils cage, è nouus desempare:

Et la dat ûe may fort sauie, qui toustem

A loueil hicat sur et, quiu manten e susten,

Eu dehen com la clouque estan embirouade

De buses é busocz, compagnie ahamade,

S'espereque aronsan contre etz de toutz coustatz,

103 D'urpes, d'ale, é deu bec gandich sous gariatz.

Poichante mascle en tout, lous subjecz de sa terre

Ere he biue en patz, eus afranquich de gouerre:

Ere a de bous subjecz, qui neit ny jour nan paus,

Per mantengue ligatz touts lous sous en repaus (1).

(1) Ce passage de la *Pastourado* ne peut trouver son explication que dans le royalisme aveugle de l'auteur.

Et jamais il ne te sera d'un si grand bien ingrat.

Au tronc lui-même veulent ressembler les copeaux,

Au fruit les semences; & si tu étais pour vivre

Quelque temps, favorisé par Dieu, tu le verrais Seigneur

Non pas d'un seulement, mais de cent mille hameaux :

Il est, par son père & par sa mère, de la race de l'aigle

Qui ne pond des colombes n'étrangle passes dindonneaux

Dès le nid, ils s'élancent si haut qu'ils vont près du soleil.

Il promet déjà d'être si grand qu'il sera sans pareil :

Tout ce qu'on peut craindre, c'est qu'étant en son bas

Quelque voleur voisin surprenne ses villages,   `[âge,

Ses domaines, ses bois & les possessions

Qu'il reçut de ses aïeux, & tenus à fief par les siens :

Mais ce grand Jupiter qui remplit le Ciel & la Terre,

Ne laisse succomber les faibles & ne cesse de les soutenir:

Il lui a donné une mère fort sage, qui toujours

A l'œil fixé sur lui, le maintient & soutient,

Et le défend comme une poule mère entourée

De buses & de milans, race affamée,

Se hérisse, s'élançant contre eux de tous côtés,

Avec ses griffes, ses ailes, son bec, garantit ses poussins,

Puissante, & d'une mâle énergie, les sujets de sa terre.

Elle les fait vivre en paix, & les préserve de la guerre :

Elle a de bons sujets, qui nuit ni jour ne font trève

Pour maintenir unis tous les siens en repos (1).

Marie de Médécis, fille du grand duc de Toscane François Ier, épousa Henri IV en secondes noces. Son orgueil & son caractère

Puch si Diu un cop bo, a sous hilhs da cretchence,
Nous poudem espera de lour boune neichence,
Qu'aquo seran autant de Cesars. de Leous,
Ausartz, abenturatz, mes que boulans dragous :
104 Etz nous consentaran, gouardan sas toncoueres,
105 Ans loing esteneran, sas amples contourneres :
106 Mes qu'Abila, ny Calp, e cuing mes escounut,
Dequet monde nauet despuch pauc counegut :
Peraichit nom hé do de perd' aqueste bite,
Cent mile milious, é cent cops mes petite
Que nes pas l'Eternau ; d'aquere entierament,
Iou jouissi content, dab tout contentament :
En lûe jou nogu, que plous, turmens ses conde,
En la dares, joutz é toutz lous plases deu monde,
Plases qu'eu sen nou pot comprene, ny mes loueilh,
Espia, qu'an hassare laray cla deu soureilh.
Su hourous plan trufat, Iudas traidou, sur l'houre,
Quan la bite m'agous que tout lou mounde ploure
107 Meichenjan deu Reaume, é pensan hé t'aunou :
Mas treti tu nou as que toute desaunou,
E per tu, é peus tous, dam turmens é tristesses,
108 Per ares é per ja l'Hyher sera tas tresses.
Cudam me hé tout mau, tum' as heit tout lou ben,
Que poire desira, lou mes home de ben.

détestable en firent le fléau de son mari. Après sa mort, à laquelle
on l'accusa de n'avoir pas été étrangère, elle se livra à de méprisables favoris, s'attacha à détruire tout le bien qu'avait pu faire
notre grand Henri. Elle se rendit tellement odieuse, qu'elle fut

Puis si Dieu veut une fois donner à ses fils croissance.
Nous pouvons espérer de leur noble naissance
Qu'ils seront autant de Césars, de Lions
Audacieux, intrépides, plus que Dragons ailés :
Ils nous assureront la garde de nos maisons.
Ils reculeront bien loin leurs larges limites,
Plus loin que les Colonnes d'Hercule, & jusqu'au coin le
De ce monde nouveau découvert depuis peu. [plus caché
Ainsi je ne regrette pas d'avoir perdu cette vie,
Cent mille millions & cent fois plus petite
Que n'est l'Eternité; de celle-ci pleinement
Je suis content en tout contentement :
En l'une je n'eus que pleurs, tourments sans compte;
Dans celle d'à présent, je jouis de tous plaisirs possibles,
Plaisirs que la raison ne peut comprendre, pas plus que
Les pénétrer, franchirait-il le clair rayon du soleil. [l'œil
Tu fus bien trompé, traître Judas, à l'heure
Où tu as détruit ma vie que tout le monde pleure,
Me désaississant du Royaume, pensant te faire honneur:
Mais, traitre, tu n'as que toute honte
Pour toi & pour les tiens, avec tourments & tristesses;
A présent & pour jamais l'Enfer sera ton couronnement :
Croyant me faire tout mal, tu m'as fait tout le bien
Que pourrait souhaiter le plus homme de bien.

chassée par son fils, Louis XIII, devenu majeur. Malgré ses solli-
citations, elle mourut en exil, à Cologne, en 1642, dans un état
voisin de l'indigence; juste châtiment de tout le mal qu'elle avait
fait à la France. La vérité avant tout.

Iou jouiscy doeu Céu, iou son sur las esteles,
109 Iou besi lous segretz. que las espesses teles
Qui son entré nousauts ban belan nostes oueilhs,
Peus sauis recercatz, é peus jouens, é peus bieilhs :
110 Iou bey don ben lou clep deu soureilh, é la lűe,
111 E com pujen lous crums mes hault que hé la grűo :
Com mien lou gouber sur las causes debas
Lous astres, é com hen toutz sous tours dam compas,
Destinglans sas bertutz suus homes, sur las plantes,
Suus frutz, suus samouats, é peires clarejantes :
Suus peich, sur lous ausetz, que podoun lous regouars,
112 Deu bieil Saturne, de Bes de Mercles. é de Mars
Iugnits sextius, quouairatz, é trinaus en la cousse (1),
113 Com lou prumé moutiu, lou autes cercles pousse,
Deu leuat ente au couq, det premutz é fourçatz,
Enchoua que tous planetz, au contrari biratz,
Deu couq ente au leuat, seguisquen lour carrere,
Are couentatz, tardius, dretz, rebouich ses dressere.
Que lous petitz cercletz, mien coume lous platz,
E lous cous a cadun son estatz ourdenatz.
Ioo bey lous Peichs, lou Tau, Chancre, Lescarouisse,
Lous Bessous, laiguassé, la Berge pausadisse,

---

(1) Les contemporains de notre Poète admettaient sept Comètes ou étoiles *errantes*. Le soleil, la lune, Saturne, Jupiter, Mars,
Mercure et Vénus. Ces comètes étaient *Luminaria* ou φωτα.
Les autres étaient fixes. aplanes, απλανος, privées de mouve-
ments.

Je jouis du Ciel, je suis au-dessus des étoiles,
Je découvre les secrets que les toiles épaisses
Qui sont entre nous voilent à nos yeux,
Et recherchés par les savants, par les jeunes & les vieux;
Je vois d'où vient l'éclipse du Soleil et de la Lune,
Et comment les nuages montent plus haut que la grue,
Comment les astres gouvernent les choses d'en bas,
Et comment ils font leurs tours avec régularité,
Répandant leur action sur les hommes, sur les plantes,
Sur fruits, sur emblavures & sur pierres brillantes,
Sur poissons, sur oiseaux; ce que peuvent les influences
Du vieux Saturne, de Vénus, de Mercure & de Mars
Réunis en sexagone, carré, triangle, dans leur course (1)
Comment le premier moteur pousse les autres cercles,
Du lever jusqu'au coucher pressés & forcés par lui,
Encore que les planètes tournées en sens contraire
Suivent leur voie de leur coucher jusqu'au lever,
A présent violentées, tardives, rétrograde, sans direction
Que les petits cerclets mènent comme il leur plaît :
Et leurs cours à chacun ayant été réglés.
Je vois les Poissons, le Taureau, le Cancer, l'Ecrevisse,
Les Jumeaux, le Verseau, la Vierge qui suspend le
[travail,

Las Balances, lou Bouc, Larqué, Lesquerpion,

E.lou qui he lous Reys, lou hort co deu Leon.

Iou bey com lou Diu laus, per aquetz signes passe.

E lous autes planetz, y hen lotges amasse.

Iou bey rouda lou Char, ames lous tres Bourdous (1),

Eu Boûé qui jamés nou s'escon suber nous.

Iou besi l'Ourion, jou besi las Plejades,

Qui nous porten prou souen, de haichugues ploujades (2)

E com dab lou Leon, é lou Caignot ardent,

Se trempe d'augus cops deu temps mes caut la dent;

Iou besi perque vn bent are regne, are vn aute,

Don ben lou terretrem, on la montagne saute,

114,115 Leicharuscle don ben, qui cause lous lambretz

116 Seguitz suu medich punt deus herouges touetz,

117 Com se he la grenisse, é laigue en neu se glace,

E com ben de la ma, è puch tourne en sa place.

118 On nou son parious, oun lous jours gouaillés an,

Oun lou jour dab la neit, peu miey, espartich lan. (3).

119 Iou besi lou Nadir deu monde, e lou Zenic,

E qui a debinat deu subtiu Coupernic,

---

(1) Ceinture d'Orion ou les trois Rois. — Trois grandes étoiles placées en ligne droite & à égale distance.

(2) La grêle sans doute.

(1) Ces dix derniers vers sont la paraphrase de ceux d'Ovide (lib. 15, § 2 — métamorph) dans lesquels il expose l'enseignement de Pytagore, sur les phénomènes de la nature.

Quum que animo et vigili perspexerat omnia cura,
Inmedium discinda dabat, cœtus que silentum

Les Balances, le Bouc, l'Archer, le Scorpion,
Et celui qui fait les Rois, le robuste cœur du Lion.
Je vois comme le Dieu Jupiter traverse ces signes
Et les autres planètes, & y fait des stations.
Je vois rouler le Char,& même les Trois Bourdons (1),
Le Bouvier, qui jamais ne se cache de nous;
Je vois Orion, je vois les Pléiades
Qui nous portent assez souvent des pluies sèches (2),
Et comment, avec le Lion, le Chien brûlant
Se trempe quelquefois la dent au temps le plus chaud;
Je vois pourquoi les vents règnent successivement,
D'où vient le cataclysme ou saute la montagne,
D'où vient la foudre qui cause les éclairs
Suivis aussitôt de terribles grondements.
Comment se fait la grêle & l'eau se glace en neige,
Comment elle vient de la mer & y revient ensuite.
(Comment)les jours ne sont pas pareils&se font plaisants
Comment le Jour & la Nuit se partagent l'année (3).
Je vois le Nadir du monde & son Zénith;
Qui a deviné ou du savant Copernic,

> Dicta que mirantum magni primordia mundi
> Et rerum causas, et quid natura docebat;
> Quid Deus; unde nives; quæ fulmina esset origo;
> Jupiter, an venti, discussa nube, tonarent;
> Quid quateret terras; qua sidera lege mearent,
> Et quod cumque latet.

Ou deu gran Tholoumeu, l'vn deusquaus ditz, la terre
Maues, l'aute lou Ceu, nou ses despute é gouerre.
Iou besi lou men hat, è coutet mau hasec,
Qui la gran bee caûe è mon cos trauessec,
Iou besi daute estrem, la couronne segrade
Peus martyris suffertz, a mon cap aprestade :
120 La troupe deus heraus, è deus homes miey Dius,
Qui son estatz en terre ondratz coume betz Dius :
Mendres au prop de jou, per ma grane balence,
Qui he quen prume loc, jou è per recompence,
Lou Centau es debat mous pès, a mes Cepheu
E lou hort Hercules, ta plan coume Perceu,
Casiope, Androumede, è las autes miey D'esses,
Aplingades (1) jou bey, dab garlandes è tresses,
Aquo nes tout; om auch lous Arcanjous segratz,
Lous Anjous, Seraphis, en sous trons arengatz,
Cantans jouious ses paus, las aunous, la memorie,
Deu Diu deus Dius soulet, a qui lom diu la glorie :
Dam Laûtz, dam Claris, Sonçaines, è tambous,
Qui resouen ta dous, è dam acortz ta bous,
Que deus Emperadous, deus grans Reys la Musique,
Au prop de la douçou dequere, nes qu'etique.
Iou n'auri james heit : ta grans plases senti
Se podoun, nou conda, ny lour set escanti :
Per tant jou nout diré per ares aute cause.

(1) Je le dérive de πλεχω πλεχεῖν entrelacer, tresser, nater, etc.

Ou du Grand Ptolémée ? l'un desquels dit, que la Terre
Se remue, & l'autre le Ciel; de là grande controverse.
Je vois mon destin, le couteau malfaisant
Qui traversa ma grande veine cave & mon corps.
Je vois d'autre côté, la couronne sacrée
Supportée par les martyrs, apprêtée pour ma tête :
La troupe des héros & des demi Dieux
Qui ont été honorés comme Dieux sur la terre,
Moindres que moi, à cause de ma grande vaillance
Ce qui fait qu'en premier lieu, j'en ai pour récompense
Le Centaure sous mes pieds, & encore Céphée :
Et le vaillant Hercule, comme aussi Persée
Cassiopée, Andromède & les autres Demi Déesses,
Je les vois enlacées (1) dans les Guirlandes & trophées.
Ce n'est pas tout, j'entends les Archanges sacrés,
Les Anges, Séraphins en rang sur leurs trônes,
Chantant joyeux, sans repos, les honneurs, la mémoire
Du Dieu des Dieux unique, à qui nous devons hommage,
Avec flûtes, hautbois, violes & tambours
Qui se mêlent si doucement, & en accords si bons,
Que la musique des Empereurs & des grands Rois,
Auprès de la douceur de celle-ci n'est qu'étique.
Je n'aurai jamais fini : je ressens si grands plaisirs
Que je ne peux ni les conter ni en éteindre ma soif.
Pourtant je ne te dirai pour à présent autre chose

D'aquet ben Eternau on mon co s'arepause :
Sit' boli jou prega, que dessus mon theaût,
Tu bouilles esplandi, qua d'an vn nauet frut,
Dam Arroses, Espiez, Lyris, Giroufleietes,
Mamoys, Serpout, Mandras, Jençamin, è Biuletes.
I mesclan las audous de la myrhe é lancés,
Per tres dibers matis, è per tres dibers cés;
Tu, è lous tous, bengatz embiroûa ma toumbe,
E cantetz dam bercetz, per argausi mon oumbre,
Mous heitz, mous ditz, ma mort, que sie counegut,
Qu'a degun ne heit tort, tant qu'au monde è biscut.
Iou boulie abrassa cudan ly da ma place,
Mas et hugic, disen Adiu, com lou treit passe (1).

PEYROT

Que tu men as Condat, de bers, è de madus,
Tous perpaus tout prumé, m'eren aspres é dus :
Mas ares ma doulou pauc a pauquet se pause,
En augin que d'Anric l'amne au Ceu arrepause,
Que pot hugi la mort, qui palle bat l'oustau [goûañ,
121 Deus Reys, è lous casotz deu praube a medich
Et hè necere a toutz, mas sit nou y a de lourde,
Que pot ton cric leichan tout ton ben en desourde?
Et es astruc. content, é si nou cambiaré,
Lou Céu dab mile mons, qu'et n'estime are arré.

(1) Voir annexe C.

De ce bonheur éternel où mon cœur se repose :
Mais je veux te prier que, sur mon tombeau,
Tu veuilles répandre chaque année une nouvelle offrande
Avec des roses, lavandes, lis, petites giroflées,
Violettes, serpolet, mandragore, jasmin & violiers,
En y mêlant les parfums de la myrrhe & de l'encens;
Par trois différents matins & trois différents soirs,
Que toi & les tiens veniez entourer ma tombe,
Et chantiez dans vos versets, pour réjouir mon ombre,
Mes actions, mes paroles, ma mort; qu'il soit connu,
Que je ne fis tort à personne, tant que j'ai vécu au monde.
J'ai voulu le saisir, croyant pouvoir lui donner ma place,
Mais il s'enfuit, disant Adieu, prompt comme un trait (1)..

PIERROT

Tu viens de m'en conter de vertes & de mures,
Tes propos tout d'abord m'étaient âpres & durs :
Mais à présent ma douleur s'apaise peu à peu
En entendant que d'Henri l'âme au Ciel repose.
Qui peut échapper à la mort, qui pâle visite,   [égal.
La maison des Rois & les Cabanes des pauvres à profit
C'est une perte pour tous & non pas lourde pour toi seul.
Que peut ta plainte, laissant tout ton bien en désordre?
Lui, qui est satisfait, content, & il ne changerait pas
Le Ciel contre mille mondes qu'il n'estime rien à présent.

IOUANON

Iou nom' podi cara, quan me brembe la sorte,
Com la traidoure mort bengouc bate a sa porte :
Bourele tu nagous couratge dam ta haus
Aceran, mas per tu poussés vn home faus,
En guise d'un Amic, subjec qu'em nou cresoure,
Que tau rauje son cap dondés, en aquere houre,
Per hè ta maichant cop, traidou, é desleau.
Que nou bengues tu triste dam ta daille atacau?
Iou crei quet t'aure heit couentadament ton conde;
Per tant traidourament om ta tirat deu monde,
Anric lou men amic. per qui jou plouri tant,
Ses hise de poudet bese d'are en auant.
Ia nou pençaui jou, que ta braque demore
Hesses au mon dam nous : ans qu'aciu en pauc d'houre,
Nout te beirem cassa las lebes peus bruchous,
E tailladis espes, qui nou t'eren faichous :
An lou haucon au puing, suu plan de Guilamerre (1),
Larrouquet, la perditz pe rouje, dab la cherre.
Are Iou cabiro, lysart, é lou sangla,
Tu nou destutaras (2), a Laitoure é Sant-Cla (3),

(1) Nom d'un hameau situé entre Lectoure et Saint-Clar.
(2) *Tuto*, trou, tanière de fauve.
Destuta, desentutoua, chasser, évincer du trou.
Lancer en terme de venerie.
(3) Ce n'est pas sans raison que le Poète avait choisi le territoire de Saint-Clar comme champ des exploits cynégétiques de

JEANNOT

Je ne puis me taire quand je pense comment
La mort traîtresse vint frapper à sa porte :
Bourrelle, tu fus sans courage, avec ta faux
Acérée, puisque tu poussas pour toi un homme faux
En guise d'un ami, un sujet qu'on ne put croire
Que telle fureur agitât sa tête à cette heure.
Pour faire si méchant coup traître & déloyal.
Que ne venais-tu toi, triste, l'attaquer avec ta faux ?
Je crois qu'il t'aurait fait avec empressement ton compte.
Voilà pourquoi par trahison on t'a tiré du monde,
Henri, mon ami, pour qui je pleure tant,
Sans espoir de pouvoir te voir dorénavant.
Je ne pensais pas que pour si peu de temps
Tu fusses au monde avec nous : qu'ici en peu d'heures
Nous te vissions chasser les lièvres dans les buissons,
Dans les épais taillis qui te gênaient si peu,
Avec le faucon au poing, sur le plateau de Guillemerre(1)
Les petits oiseaux, la perdrix rouge, le roitelet,
Maintenant le chevreuil, l'isard ou le sanglier ;
Tu ne lanceras (2) plus de Lectoure à Saint-Clar (3),

son Héros. En effet, la famille d'Albret avait acquis la Vicomté de
Lomagne avec le patrimoine des Armagnac apporté en dot par
Marguerite, veuve de Charles, duc d'Alençon & mère de Jeanne
de Navarre. Aussi dans l'acte des *Reconnaissances* de 1533 (*Bladé,
Coutum. Municip. Durand. Paris, 1864, page 82, B. Nat. 8° F-
2,058*). Les Consuls & Communauté de Saint-Clar, dépendance

Oun miauès tous cas, é soules hilatz tene,

Mas lou traidou ta heit, tous plases mes loing prene;

Iou nout' podi tira, de mon entenement,

E nout pouden espia deus oueilhs courpouraument,

123 Ioutz beiré per lou mens, de co, é d'amne blousse,

E sit boy deus agnetz, pres nou pas de la bouce,

Mas ouffri deus troupetz, lous mes gras de mas pens,

Que mas aueilhes hen, bessous au primauc temps :

124 Dab flous é dab perfums, haré mon Crioboly (1),

125 E si arnauiré noste antic Tauroboli (2) :

126 Enchouare s'es besoing, hen vn hecatombat (3)

Iou nesparagnare, ço que Diu maura dat,

Lom nou poire pas prou, aunoura la membrance,

Daquet qui de malheurs nous deliurec en France.

de la Vicomté, reconnaissaient-ils *tenir à directe des Roi & Reine de Navarre, & de l'Evêque de Lectoure comme Seigneurs dudit Saint-Clar,* les terres, prés, districts, etc., etc., énumérés audit acte. Ils y révèlent l'existence d'un Château *dans la ville :* & ce Château, alors *nouveau* sans doute, avait eu un aîné sis au quartier du *Château vielh.*

Au moment où Henri IV monta sur le trône, son patrimoine, & par conséquent la Vicomté de Lomagne qui en dépendait, fut incorporé au domaine de la Couronne. Tel était le Droit public traditionnel français, depuis l'origine de la Monarchie, auquel le roi Louis-Philippe voulut se dérober par la fameuse donation du 7 août 1830.

Suivant les renseignements fournis par M. Taillade, la partie nord du Château avait été convertie en Presbytère, & garda cette destination jusqu'au 17 Prairial an IV de la République, date à laquelle il fut adjugé, comme *bien national,* au citoyen *Jean-Michel Cantaloup,* plus tard Juge de Paix & habitant de la com-

Où tu menais tes chiens & tendais tes filets;

Mais le traître t'a fait prendre tes plaisirs plus loin;

Et je ne puis te tirer de ma pensée.

Ne pouvant plus te voir corporellement par les yeux,

Je te verrai au moins de cœur & d'âme pure,

Et je veux t'offrir deux agneaux, non pas achetés,

Mais offerts de mon troupeau, les plus gras de mon étable

Que mes brebis auront faits jumeaux au printemps :'

Je ferai mon Criobole (1) avec des fleurs & des parfums,

Je renouvellerai notre antique Taurobole (2):

Et encore s'il est besoin nous ferons une hécatombe (3).

Je n'épargnerai rien de ce que Dieu m'a donné...

On ne saurait assez honorer le souvenir

De Celui qui délivra la France de tant de calamités.

---

mune de Saint-Clar. Il le conserva toute sa vie. Sa fille unique, devenue Mme de Guilhem, eut elle-même une fille qui épousa M. Delpech-Cantaloup, ancien Conseiller général, lequel aliéna l'ancien Presbytère.

La seconde partie du Château avait continué d'être une des résidences de l'Evêque de Lectoure. Elle fut aussi vendue comme *bien national*, au profit d'un médecin du nom de *Castex*. La nouvelle Eglise de Saint-Clar serait bâtie sur l'emplacement de cette ancienne maison.

(1) Criobole sacrifice d'un bélier. Κριος-Βαλλειν.

(2) Taurobole (Ταυρος-βαλλειν) sacrifice d'expiation ou de régénération. Un taureau était égorgé sur un plancher à claire-voie ou sur une pierre creuse percée de trous, & le sang inondait le pénitent placé au-dessous.

(3) Hécatombe (Εχατον-Βους) sacrifice de cent bœufs, ou d'un très grand nombre de victimes.

PEYROT

Aquo sera plan heit, mas troubares tu bon,
Courre aprop lou traidou, lou truant, lou lairon,
Celerat, Sagrileu, ses fé, ses ley, ses crente
Deus homés é deus Dius, quiu dec ta male atente?
127 Que jouu mourguicari, siu tenguie ab las dentz,
Puch jouu grisaillari, com hen à sant Laurens (1).

IOUANON

Om nou poire trouba mort tant amarejante,
Que pouscousse estanca plague ta frem sangnante:
Iouu trauessari leu, lou cos dab cauque pau,
Eu leichari puchens, esta toustem atau,
Dique que pauc à pauc, languinejau pergousse,
L'amne com l'innoucent la pergouc a gran cousse.

PEYROT

Iou bouleri tabenc, per mes lon turmenta,
Qu'et biscousse en mourin, é qu'en ly presenta,
128 La pasture suu bec, las harpies gangueres,
L'ay empudimichen, l'esgraupian las maicheres.

(1) Saint Laurent, né à Rome, diacre & trésorier de l'Eglise
sous le Pape Sixte II (258) & sous le règne de Valérien. Il refusa
de remettre aux agents du persécuteur le trésor qui lui était
confié. Après avoir été déchiré à coups de fouets & attaché sur

PIERROT

Cela sera bien fait; mais trouverais-tu bon,
De courir après le traître, le truant, le larron, [crainte
Scélérat, sacrilège, sans foi, sans loi, sans [atteinte :
Des hommes & des Dieux, qui lui donna si mauvaise
Comme je le mordillerai,si je le tenais avec mes dents?
Puis je le grillerai comme on fit saint Laurent (1).

JEANNOT

On ne pourra trouver mort assez amère
Pour étancher une plaie si fortement saignante.
Moi je lui traverserai vite le corps avec quelque pieu,
Je le laisserai empalé, restant toujours ainsi
Jusqu'à ce que peu à peu, agonisant, il perdit
L'âme, comme l'innocent la perdit à grande hâte.

PIERROT

. Je voudrais aussi pour le faire plus souffrir,
Qu'en lui présentant la pâture à la bouche
Il vit, en mourant les harpies écœurantes
Qui en l'empuantissant déchireraient ses joues.

un gril appuyé sur des charbons ardents, il demanda au bourreau
de le retourner sur ce gril.
C'est un des plus héroïques martyrs de l'Eglise.

IOUANON

E jou si atrapa lou podi d'aquest pas,
Iouu boy coentat tout biu, lescourja de mas mas:
Puch en ve caudere a petit houec jou boli,
Dam cricz, é dam turmens lou hè bouri en oly.

PEYROT

Iou desiri plus leu, quet bisque eternaument,
Mas qu'vn Austou bec croc, se pesque journaument
De son co berencut, é quan acabat sie,
Reneiche soubtament, ses aute malausie.

IOUANON

Lou puja, debara, de larroch Sysiphès,
Per vn ta gran pecat pene trop leugère ès:
L'aigue de Tantalot, qui toutjour sous potz cinte,
129 Ses poude assecarat hourrupan, es trop finte.

PEYROT

Deu plom hounut ardent, toutes menutes caü,
He destingla sur son malasit esquiau,
E de son biu coussas vn boussin, cade die,
Troncha, puch dam hers cautz estanca la sagnie :
Perque lou faus murtré bisque mes longuament,
Sentin de son mau heit, la pene é lou turment.

JEANNOT

Et moi si je peux le saisir de ce pas,
Je veux, l'étreignant tout vif, l'écorcher de mes mains,
Puis dans une chaudière, & à petit feu, je veux
Le faire bouillir dans l'huile avec cris & tourments.

PIERROT

Je désire plutôt qu'il vive éternellement;   [jour
Mais qu'un vautour au bec crochu se repaisse chaque
De son cœur venimeux, & quand il sera dévoré
Qu'il renaisse spontanément, sans autre mal.

JEANNOT

Le hisser au haut du rocher de Sisyphe & l'en faire des-
La peine serait légère pour un si grand crime. [cendre,
L'eau de Tantale toujours bordant ses lèvres [suffisante.
Sans qu'il puisse y toucher bien qu'assoiffé, n'est pas

PIERROT

Que le plomb fondu & brûlant tombant à toute minute
Et goûte à goûte sur l'échine maudite
De son ignoble corps vivant, un morceau chaque jour
Tranché, puis le sang étanché avec fers chauds,
Pour que ce traître assassin vive plus longtemps,
Et sente de son crime le châtiment & la peine.

IOUANON

Mes bau qu'aprop lou ploum. è roujes esteailles,
130 De son cos malastruc, om hasse de las hailles,
Ou be qu'estiroussat a force d'arroucis,
131 Sie esquissat, boutat a qoartes è boucis,
E dat aus cas, aus loups, aus leous per pasture,
132 Nou meritan lou faus, que tau arbounedure.

ANDRIU

Quant a qu'aciu jou son, escoutan atentiu,
Dessus aquest arroch, lous doũ que lou caitiu
Iouanon. è son compay Peyrot mĩen amasse,
Dam lermes, dam souspis, è cricz prớp la Bourdasse(1),
Per noste bon Anric. prumè Rey des Pastous,
Arrebeillat, balent, ses heu. tout amistous,
Creignut tant que degun chita mot nou gausaue,
Plagnut peu ben pergut, qui sur & repausaue,
Iouus augi desputa, quing martiry prou hort,
Etz poiran encontra per plan benja sa mort :
Si jou nouus bau tira dequere malebarthe,
Danges es que la neit mediche nouus esparte.
Iou men y bau courrent, per poudeus consoula,
Qu'es aque compagnous, compagnous la hola;
Bouletz bous tout jamès mĩa ta grans complantes,

(1) Bourdasse, grande exploitation agricole.

JEANNOT

Mieux vaut, après le plomb & les tenailles rougies,
De son corps mourant faire un feu de joie,
Ou bien que tiraillé àquatre chevaux,
Déchiré & réduit en quartiers, en morceaux,
Il soit donné en pâture aux chiens,aux loups,aux lions;
Le traître ne méritant qu'une telle sépulture.

ANDRÉ

Combien y a-t-il qu'ici je suis écoutant, attentif
Sur ce rocher, les regrets que le pauvre
Jeannot &son compagnonPierrot expriment ensemble,
Avec larmes, soupirs & cris, près de la Bourdasse (1),
Pour notre bon Henri, premier Roi des pasteurs,
Avisé, vaillant, sans fiel, tout aimable,
Craint si bien, que personne n'osait souffler mot,
Regretté pour le bien perdu qui reposait sur lui.
Je les entends disputant quel martyre assez fort,
Ils pourraient découvrir pour bien venger sa mort:
Si je ne viens pas les tirer de ce mauvais pas,
Il y a danger que la nuit même ne les séparera pas.
J'y vais courant pour pouvoir les consoler...
Qu'est cela compagnons, compagnons, une folie;
Voulez-vous, à jamais mener si grandes lamentations,

133 Bouletz emberia lou Ceu de tant de hames.
De despieitz, de maugres, que bousautes gitatz
Encontre lous arrestz de sas grans Majestatz?
Bonsautz plouratz de dret lou qui tout lou mon ploure,
Mas on diu mesura sous plous, dab temps é houre:
Contre au boule de Diu nou cau s'arrebeca,
Ny son houec, dam marmus, contre nous aluca.
134 Bouleretz bousautz tore ũe amne tant hurouse,
Deu Ceu plen de plases, per l'aute malhurouse,
On ere biu contente, è quan bous ly daretz
Detz mile mile mons, nou l'acontentaretz?
135 Ere ous espudich toutz, è peraichi datz pause
A bostes vgglans cricz, puch qu'ab Dieu arrepause.
Lou trop traidou luadas qui la mort ly a dat,
Dab grans cricz è turmens, a sa bite acabat.
Nou pas taus com calé, mas ares et ren conde
De toutz lous grans pecatz quet aué heit au monde
Au putz negre dyher: a tres caps lou moustin
Caignassege son cos, lon cé è lou maitin.
Plutoun iutge Yhernau, a grans patacz ly maque,
Cade jour loũs coustatz eu ten en la clouaque
Pregoune, escure, plée e de hems é pudous,
On lous bermous mourdens, é serpens picadous
Ponchen son co traidou, dique que pert la bite.
Puch dab maje turment, autecop reçuscite:
E tant qu'Yher sera quau que lou malhurous,
Pence biue tractat, d'aquestes endurous.

Voulez-vous empoisonner le Ciel de tant de souhaits,
De dépits, de vœux impies, que vous exprimez [Jestés?
A l'encontre des arrêts de ses souveraines Ma- [pleure;
Vous pleurez légitimement Celui que tout le monde
On doit mesurer ses regrets avec le temps & l'à-propos:
Il ne faut pas se révolter contre les décrets de Dieu,
Ni allumer son feu contre nous par des murmures.
Voulez-vous enlever une âme si heureuse
Au Ciel plein de délices, pour un monde malheureux:
Elle y vit si contente, que lui donneriez-vous
Dix mille millions de mondes, vous ne la satisferiez pas?
Elle les dédaigne tous; donc ici faites trève
A vos cris déchirants, puisqu'elle repose en Dieu.
Le traître Judas qui lui a donné la mort
A achevé sa vie avec grands cris & tourments; [compte,
Non pas tant comme il fallait; mais il rend maintenant
De tous les grands péchés qu'il a commis en ce monde,
Au puits noir de l'Enfer : le Chien à trois têtes
Déchire son corps le soir & le matin;
Pluton, juge Infernal le meurtrit de grands coups;
Il tient chaque jour ses hanches dans le cloaque
Profond, obscur, plein de fumier & d'odeurs infectes,.
Où les vers rongeurs & des serpents à la dent aigue
Piquent son cœur de traître jusqu'à ce qu'il perd la vie.
Puis il ressuscite, subissant de plus grands tourments:
Et tant qu'existera l'Enfer, il faudra que le malheureux
Pense à vivre traité avec les mêmes rigueurs.

Si Diu a treit deu mon Anric de sas mas largues,
Descargat la deus heichs è hastigouses cargues
Qui l'arrompen lou cap, è hasẹn by courbas,
Cambian son mau en ben, sa pene en tout soulas :
E si nous a leichat son hereié, qu'on pençe
Quen bertut en conseilh, sagetat è balence,
Arres et nou diura au pay en pauc de temps;
Et na dat grans segnaus, è sin da mes toustems;
Tabe per Majourau, per Seignou, è per Meste,
Et es cridat per tout, don nousautz diuem este
D'ar'en la consoulatz, è coume bous subjecz,
136 Triomphes, è hestes hè, autour dé nostes tecz,
Peu dous arribament de Louys au reaume,
De qui nou cau qu'en laus en nade bouque chaume,
Ans que nous preguem Diu quet bisque longuament.
E qu'eu hasse Seignou, deu monde entierament.

PEIROT

Iouanon tu as augit, lou cousseilh quet nous bailhe,
Tous souspis è tous cricz nou balon ûe pailhe,
Arre nou deliuram : nou balera pas més,.
Aiuilhans de bon co, prega Diu qu'a iamés
Saube noste Louys, arbaian la coulère
Deu coutet désastruc, è de la man murtrère,
Qu'et hasse creiche leu sa trende jouentut,
E cresque cade jour, en sabence è bertut?

Si Dieu a tiré Henri de ce monde de ses mains généreuses,
Il l'a déchargé du fardeau & fastidieuses charges
Qui lui rompaient la tête & le faisaient venir courbé,
Changeant son mal en bien & sa peine en toute joie.
Et il nous a laissé son héritier, dont on pense
Qu'en vertu, en conseil, sagesse & vaillance,
Il ne devra rien à son père en peu de temps.
Il en a donné grands indices, & il en donne toujours plus.
Aussi pour Chef, pour Seigneur & pour Maître
Est-il proclamé partout, dont nous autres devons être
D'ici en avant consolés, & comme bons sujets,
Faire triomphes & fêtes autour de nos chaumières
Pour le doux avènement de Louis à la Royauté,
Dont il faut que de sa louange nulle bouche ne chôme,
Que nous prions Dieu qu'il vive longuement,
Et qu'il le fasse Seigneur du monde entier.

PIERROT

Tu as entendu, Jeannot, les conseils qu'il nous donne :
Tes soupirs & tes cris ne valent pas une paille ;
Nous ne remédierons à rien : ne vaudrait-il pas mieux
Nous agenouillant de bon cœur, prier Dieu qu'à jamais
Il préserve notre Louis, éloignant la colère
Du couteau funeste & de la main meurtrière ;
Qu'il développe hâtivement sa tendre jeunesse,
Et qu'il grandisse chaque jour en science & en vertu ?

IOUANON

Anric, jou nou poiri tira de ma memorie,
En mon co, tout james, demourara sa glorie :
Mas puch que lou mau aste, è la rigou deu hat,
Nou l'a d'aquesté mort au besoing destremat,
E que lou Ceu enchoua nous leiche de sa soucque
137 Vn arbelet primauc qui sas graties ahoucque,
Iou len dic gran merces : è si son à tous potz,
Prest d'ajusta suu loc, mas pregaries è botz.
Diu qui hes creiche tout ço que lou Cèu capere,
Qui nous das vn Louys dab qui lou mon espere
Bese esplandi content vn nauet segle d'au,
Heu creiche a biste d'oueilz, lou gouardan de tout mau,

PEYROT

Creich lou men Louyset, è que toute la terre
Tremole debat tu, nous eichenjan de gouerre :
138 Louyset creich lou men, com vn camparoulet,
139 Que l'arros de la neit combertich en boulet.

ANDRIU

Louys, creich Louyset, com la Marguaridete,
Deu ce dique au matin, per he que ta herete,

JEANNOT

Je ne pourrai effacer Henri de ma mémoire,
Sa gloire, à tout jamais, demeurera dans mon cœur :
Mais puisque l'arme méchante et la rigueur du destin,
Ont supprimé malgré nos besoins celui qui est mort,
Et que le Ciel encore nous laisse de sa souche
Un jeune arbre précoce qu'il favorise de ses grâces;
Je lui dis grand merci, & je suis avec tes lèvres,
Prêt à ajuster sur le champ mes prières & vœux :
Dieu, qui fais grandir tout ce que le Ciel couvre,
Qui nous donnes un Louis en qui le monde espère,
Que je voie resplandir content un nouveau siècle d'or :
Fais-le croître à vue d'œil, le préservant de tout mal.

PIERROT

Grandis, mon petit Louis, & que toute la terre
Tremble sous toi, préserve-nous de la guerre.
Grandis mon petit Louis, comme un petit champignon
Que la rosée de la nuit convertit en bolet.

ANDRÉ

Louis, grandis petit Louis, comme la petite marguerite,
Du soir jusqu'au matin, pour que ton glaive

Aus Morous(1). aus Marras(2), serbisque despauent,
140 E que de larcouran, hasses l'acompliment(3).

IOUANON

Bon Diu qui nous as dat tretzé Louys de côde,
De noste Rey Iouenet bouilles toustem he conde:
He que, per dessus toutz, hasse regna la patz
E que nostes troupetz segus pesquen peus pratz.

PEYROT

O Diu hé que Louys, en talouan la trace
De l'vn de sous aujos, dab longue bite hace
Regna justicie, è Sant dit sie en sas labous,
Castigue lous maichans, gouasardouę lous bous(4).

ANDRIU

Diu he quet nou patisque, en gros este benudes
Las dignetatz, è puch a pecetes menudes(5):

(1) Nous trouvons à chaque instant les *Maures* objet d'exécra-
tion dans nos contrées, confondus avec les assassins & les bandits. Ils étaient cependant bien loin de l'Aquitaine au xvii⁰ siècle.
Ces *Maures* ne peuvent être que les Espagnols qui avaient pris
le nom de leurs vainqueurs dans la langue du peuple. Personne
n'ignore combien fut acharnée la lutte de la maison d'Albret si
vaillamment Française, contre celle d'Espagne.

(2) Le mot *marras* dans le Béarn se traduit par Paillard, Dé-
bauché. Le sens du vers indique plutôt un dérivé de *manarrou*,
vagabond, pillard, variété fort détestée dans nos campagnes. Nous
avons trouvé précédemment *marranous*, que nous traduisons
comme *manarrous*.

(3) L'arc-en-ciel promis à Noé comme *le signe & enseigne à*

Serve d'épouvantail aux Maures (1), aux pillards (2),
Et que tu accomplisses le pronostic de l'Arc-en-Ciel(3).

PETIT JEAN

Bon Dieu, qui nous as donné une suite de treize Louis,
Veuilles toujours faire compte de notre Roi tout jeune :
Fais que par-dessus tout, il fasse régner la paix, [prés.
Et que nos troupeaux en sûreté paccagent dans les

PIERROT

Mon Dieu, fais que Louis en marchant sur la trace
De l'un de ses aïeux, avec longue vie, fasse
Régner la justice, & soit surnommé Saint en ses travaux;
Qu'il châtie les méchants & protège les bons (4).

ANDRÉ

Dieu, fais qu'il ne supporte pas que soient vendues en
Les dignités, & puis à pièces menues (5),   [gros

lui & à sa postérité qu'il ne perdroit jamais plus la terre par déluge, est encore dans nos campagnes l'indice de la fin d'un orage & du retour du beau temps.

C'est ce sentiment qu'André exprime dans ce vers.

(4) Phrase devenue fameuse en passant par la bouche de Napoléon III.

(5) Les Rois se faisaient de gros revenus avec la *vente des offices*. Les acquéreurs devaient naturellement retrouver les fonds engagés avec bénéfice dans la façon dont ils les exploitaient. Ces ventes étaient une occasion de pressurer le peuple impunément. Le mal devait être bien intense, pour qu'un magistrat, dont la famille était l'objet des faveurs Royales, ait osé le signaler en termes aussi explicites.

Quet sie bon au poble, augisque sas doulous,
Eus descargue deus heichs qui cachen sous talous.

IOUANON

Bouilles Diu que Louys. pila sié è coulane
Deus praubes desoulatz, peus mons é per la plane,
Puch arrecompençan sa pene é son tribailh,
Dan tout lou mon entié, lou Cèu peu darré bailh.

PEYROT

Heu conquista, bon Diu, toute la terre grane,
Qu'is debat lous bentous d'Autan é Tramontane (1) :
Lou mon nauet, é l'Indie, é Chine, e'u pais on
Las deu juing Marranescl'amien dique au Iapon.

ANDRIU

Suber tout hè bô Diu, que Christ tât cregne è amé
Qu'et naje jamais paus; que la guerre nou trame
Ta phrem contre Mahoum, quet crube per toustem,
141,142 Salem, Stâboul, leu Caire, è las terres qu'et ten,
Nous nou poirem pas prou a ûran (2) dons de gracie;
Mas jou bey quentretant, lou Soureilh huch sa facie,
Nous dam deguens la neit, tournemnon aus oustaus,
Iou besi per aqui, esbarjatz touts lous taus

(1) Le *Borée* des Grecs, les *Septentrion* des Latin — Nord-Est.

Qu'il soit bon au peuple, qu'il écoute ses doléances,
Qu'il le décharge des fardeaux qui pèsent sur ses talons.

JEANNOT

Veuilles, Dieu, que Louis soit le pilier, la colonne
Des pauvres désolés, par les monts par la plaine,.
Et puis, récompensant sa peine & son travail,
Donne-lui le monde entier, & le Ciel pour dernier don.

PIERROT

Fais-lui conquérir, Bon Dieu, toute la terre immense,
Qui est sous le souffle de l'Autan & de Tramontane(1),
Le nouveau monde, l'Inde, la Chine, & le pays
Las du joug Maure, & qu'il arrive jusqu'au Japon.

ANDRÉ

Surtout, fais, mon Dieu, qu'il craigne & aime le Christ
Tant qu'il n'ait jamais de repos; qu'il fasse la guerre
Si ferme contre Mahomet, qu'il recouvre pour toujours
Jérusalem, Stamboul, le Caire, le territoire qu'il détient;
Nous ne pourrions lui souhaiter assez de faveurs & grâces
Mais je vois que pendant ce temps le soleil se couche.
Nous voici à nuit close, rentrons dans nos maisons,
Je vois dispersés de tous côtés les taureaux

(2) Sans doute pour *aburan*, *d'abura*, certifier, déclarer vrai, sincère.

De Iouanon, sous troupetz é sas gens en desourde,
Et na de ouey minjat; sus anem, boutem ourde,
Que Iouane, sas amous, ly hasse vn ouliat,
143 Plus non pot de doulou, tant es alaguiat.

PEYROT

Andriu iou boy mia é tengue a bere brasse.

IOUANON

Iou aniré on bouillatz, mas joutz pregui qu'amasse
Nous nous trouben vn jour, per hé noste degut
144 En las aunous deu mort, gitan sur son thraüt
Arroses, lyris blancz, é lous (1) de toute sorte,
Dam bercetz de sous héitz, é perfums que nous porte
Lou Leuant, è pença quing aute nous poiram
Arnaui nostes botz, é lous perfums tout an.

ANDRIU

Iou bac boy de bon co :

PEYRAT

E jou de més enchouare.

ANDRIU

Bon ce, Iouanon, bon ce, jou men bau adesare,
Bon repaus te don Diu.

(1) Nous trouvons encore ici la preuve de l'antipathie du Gascon
pour la lettre F. Pierre de Garros écrit *rount* pour *frount, aouheri*

De Jeannot, ses troupeaux &ses gens en désordre, [ordre
Il n'a pas mangé aujourd'hui; sus allons-nous en, mettons
Que Jeanne, ses amours, lui fasse une soupe à l'oignon;
Il n'en peut plus de douleur, tant il est accablé.

PIERROT

André je veux le conduire, le soutenir dans mes bras.

JEANNOT

J'irai où vous voudrez, mais je vous prie qu'ensemble
Nous nous trouvions un jour, pour faire notre devoir
En l'honneur du mort, jetant sur sa tombe
Roses, lys blancs et fleurs de toute sorte, [nous porte
Avec des versets sur ses hauts faits, et parfums que
Le Levant; et penser à quel autre (époque) nous pourrions
Renouveler nos vœux, & les parfums chaque année.

ANDRÉ

Je le veux de bon cœur.

PIERROT

Et moi plus encore.

ANDRÉ

Bonsoir Jeannot, bonsoir, je m'en vais maintenant:
Que Dieu te donne bon repos.

pour *aoufri;* et voici *lous* pour *flous;* preuve certaine de l'origine Grecque de notre langue.

IOUANON

A tu tabenc Andriu.

ANDRIU

Bon ce, Peyrot.

PEYROT

Andriu bon ce iout dic, Adiu.

ACCABAMENT

JEANNOT

A toi aussi André.

ANDRÉ

Bonsoir Pierrot.

PIERROT

Bonsoir André, je te dis Adieu.

FIN

Εἶς ανικητατω και Χριςτιανοτατω,
Τῷ Ενρίκω τεταρω Γαλλίας και
Ναυαρρας Βασιλέῳς, λόφου.
Ηλθου, και ειδον, νικητης παντοτε : αλλά
Ο῎ς, μονος, αρχοντας, μῦν μέ κρατεῖ, Θανατος.

In tumulum Inuicti, ac Christianissimi Henrici IV
Francorum & Nauarra Regis Epigramma.

Rex, Dux, Miles, rexi, deduxi, atque necaui,
Hostem, agmen, populum, legibus, ense, manu,
Sed quibus incidiis posset subsistere nullus,
Lethali cultro, proditus hic iaceo.
Discant nunc moniti, diuos non temnere vates,
Quisque sit, & damno cautus inde meo.

Epitaphe sur le tumbeau du très haut & redouté
Henry quatriesme du nom, Roy de France
& de Nauarre

Qui peut au plus grand Roy de la machine ronde,
Henry Duc de Bourbon, l'esplandeur de noz Rois,

EN L'HONNEUR DE L'INVAINCU ET TRÈS CHRÉTIEN
HENRI IV, ROI DE FRANCE ET
DE NAVARRE; IL ATTEIGNIT
LE FAITE DE LA GLOIRE, AYANT TOUJOURS ÉTÉ VAINQUEUR,
ET CEPENDANT, IL A DU PAYER SON TRIBUT A LA MORT.

*Epitaphe sur le Tombeau de l'Invaincu et très chrétien
Henri IV, roi de France et de Navarre*

[lois,
Roi, chef, soldat, j'ai régné, conduit mon peuple par les
Et détruit avec le fer & ma valeur les armées ennemies;
Mais nul n'est à l'abri des embûches;
Frappé du couteau d'un traître, je repose ici; [oracles,
Apprenez par mon exemple, à ne pas dédaigner les divins
Qui que vous soyez, que mon exemple vous décide à la
[prudence.

6

Eriger vn tumbeau, capables des arrois (1).
Victoires & Lauriers, qu'il a conquis au monde?
Nul tant soit-il artiste, or à l'art fut seconde,
La matière de l'or, cristal, iaspe & le bois,
Diamants & Rubis, qu'en trauail aux aboys,
Quiert lauare Marchant, en l'Inde plus profonde,
Quel digne clora donc, ce corps si précieux?
L'Eternel pour son ame, a reserué les Cieux :
Mais son propre cercueïl, c'est le cœur de sa belle
Arthemise, & François portans son dueil au front,
Puis la bouche aux Autheurs. qui a son nom donront,
Ainsi qu'en hault il vit, cy bas vie Eternele.

SUU MEDICH THRAUT

Iou son aquet Anric, qui dab pene é magagne,
Per tors, puch dam susous é passat ma iouentut,
Ioutz é mile serpens é moustres abatut,
Que courrem, hasen sus è la France è l'Espagne,
Bourgat, neš ny Ciutat, entrecy l'Alemaigne,
Quarrebecat nous sie encontre ma bertut.
Mas aquo hourouc leu cascaillat, combatut,
Houssen ou lous Francés, oube aute gent estragne.
Toustem lestoc au puing, cap dauant, couirassat,

(1) Train, équipage, pompe.

SUR LA MÊME TOMBE

Je suis cet Henri qui avec peine & grande lutte,
A travers glaces, puis avec sueurs ai passé ma jeunesse;
J'ai abattu mille serpents & monstres
Qui s'agitaient, excitant & la France & l'Espagne;
Il n'y a pas de Bourg ou de Cité, d'ici jusqu'en Allemagne,
Qui n'ait été révolté contre ma vaillance;
Mais tout cela fut bientôt brisé, combattu,
Que ce fussent les Français, ou autres gens étrangers;
Toujours la dague au poing, marchant en tête, cuirassé,

Dé gouérre mous subjets ahamats, é lassat :
Dam batailles, assaus, Rey jom'son heit counegue,
E lensucrade patz jous é heit desira,
Quetz senton mabrassan ; dom mon amne anira,
Mourin contente au Ceu, son Diu arrecounegue.

Al Medesimo

Qui non giace Alexandro, ne Cęsare,
Ma il lampo de Jioue, vn altro Marte.
Del qual la gloria, non si puote alsare,
Quanto degna farebe in questa parte.
Ni dequel, voillo contrapesare
Ifatti : che questo vince fenza arte,
Non auendo a fe mai'nissun vguale.
Ne femil quel medesmo, in questa valle.

PITAFIO

Al mismo Rey

A qui reposa el Rey, lou mas forcado
Que fue iamés subre toda la tierra,
Brauo cuerdo, delantero à la guerra,

J'ai lassé mes sujets affamés de guerres :
Avec batailles & assauts, Roi je me suis fait connaître,
Et je leur ai fait désirer la paix sucrée,
Qu'ils sentent, en m'étreignant : ce dont mon âme
Contente au Ciel, reconnaître son Dieu.   [s'en ira

Au Même

Celui qui repose ici n'est ni Alexandre ni César,
Mais un favori de Jupiter, un autre Mars,
Dont la gloire ne peut être élevée
A la hauteur dont il est digne;
Dont la destinée puisse être contrebalancée par
Aucune autre : il remporta la victoire sans effort,
N'ayant jamais eu d'égal
Ni de pareil en cette Terre.

EPITAPHE

Pour le même Roi

Ici repose, le Roi le plus grand
Qui fut jamais en toute la Terre;
Noble cœur, le premier engagé à la bataille,

Que vn traydor, loco desmasiado,
Françes de nation, Spañol pour suerte,
Con el fátal cuchillo, à tanto hecho;
Que mas crudel qu'vn tigre en suyo pecho,
Madrigamente, la traido a muerte,
Ny per esto perdida la memoria.
De quel gran Rey sera, menos su gloria:
Menos aun dicho victorioso,
I de lotro ladron, siempre enterada
Losadia, del su nombre odioso,
Laqual jo caillo, indiña fer nombrada.

I. G. L. (1)

Laus Deo.

S'ensuit.

Qu'un traître, fou furieux
Français d'origine, Espagnol de hasard,
A tant fait, avec un couteau fatal,
Que plus cruel qu'un tigre aux instincts féroces
Il l'a traîtreusement précipité dans la mort.
La mémoire de ce Grand Roi ne peut périr,
Ni sa gloire être diminuée.
Il n'en sera pas moins le Roi victorieux.
Quant au meurtrier, que son souvenir
Reste enfoui comme son nom odieux.
    Il est indigne d'être nommé.

I. G. L. (1)

Gloire à Dieu.

(1) Je traduis : Jean Garros Lectourois.

S'ENSVIT L'INTERPRÉTATION

D'AUCUNS MOTS GASCONS, QUI POURROINT APPORTER
QUELQUE DIFFICULTÉ, AUSQUELS LES CHIFFRES SERUENT
L'INDICE.

Pastourade. — C'est autant à dire que discours &
propos des Pasteurs tenus entre Pasteurs, dite des
Latins Ægloga, des Grecs Eidyllion : le porpaler desquels, ores ils soint personnes rustiques, simples, &
de basse qualité, & humble, & bas leur style : Ce
n'est à dire pourtant qu'ils ne parlent, de choses
graues & hautes, de l'estat, vie, gestes & mort de
plusieurs grâds personnages : Comme icy, où est des-
cripte la mort funeste de nostre Roy, à l'imitation de
Théocrite & Virgile, qui soubs le nom de Pasteurs,
descripuent la mort funeste des Roys & Empereurs; qui lira la cinquiesme Eglogue de Virgile, & la
vingt-septiesme de Théocrite, je m'asseure qu'il
treuuera mon dire véritable, & en leurs Bucoliques

plusieurs subiects pareils, à ceux que j'ay dit, cy dessus estre traictez.

Iouanon. — C'est le nom d'un Pasteur, qui vaut
autant comme Ianot ou Iouan, lequel est fort vsité en
Gascogne : & quoy qu'il semble estre composé de
trois syllabes, il n'est portant que de deux; par vne
contraction vsitée presque en toutes langues, lors
qu'après vn diphtongue (comme au susdit nom) s'ensuit vne voyele, ou après vn diphtongue, encore vn
autre : ainsi qu'en ce mot *coueictiues*, signifiant choses
de facile cuison, qui semble estre de quatre syllabes :
bien qu'il ne soit que de trois, en vertu de la dicte
contraction, laquele n'empesche point que toutes les
lettres ne soient, & sonent, prononçant ledit mot, &
faisant de ces deux syllabes, *couei*, vne seule, de laquele nature, on treuuera plusieurs mots : à quoy
l'on pourra prendre garde, par cet aduertissement.

Peyrot, Andriu. — Sont aussi les noms des autres
Pasteurs, fort vsitez pareillement en Gascogne.

1 *Tout pic, pac.* — Signifie à tous coups, à tout ahurt,
metaphore prise de ceux qui se chamaillent, & s'en-
trebatēt auec vitesse : imitant lesdits mots, le son de
l'entrebatement & chamaillis, par lequel est signifié,
vn acte souuent reiteré. Ce que Virgile & autres
poètes afectent souuent.

2 *A lardeure.* — Vaut autant, qu'auec durée, d'ordinaire, continuelement & tous les jours.

3 *Per seubes.* — Ce mot est tiré du Latin Syluœ, signifiant les grandes forests, de la *gran seube :* forest donnant le nom à labeie qui est contre icelle près Tolose, *plene-seube*, près la ville d'Agen, *seube bere*, en Cominge, dou Belle-forest natif de ce vilage a voleu porter le nô, honorât plus sa patrie par son sçauoir & belles qualitez, quele n'a peu l'honorer, comme ce soit vn lieu cognu à fort peu de gens.

4 *Eichuperots.* — Signifie les lieux aspres & rabouteus.

5 *Barthe.* — C'est vn boys, qui se treuue le plus souuent es bas lieux, plains, tofeus, & malaisez à trauercer :

6 *Biague.* — En aucuns lieux de la Gascogne l'on dit, Binagre.

7 *Couhos, ou Crouhos.* — Signifie le Cahos.

8 *Pargue.* — C'est la Parque, les Gascons changeans tousiours, quelques letres es mots, pour différer des autres langues : mesmes au Latin le C, se prend pour G & dit-on Gaius, pour Caius.

9 *Sumpsi.* — Est plurer & lameuter auec souspirs :

10 *Lou Guit.* — C'est le canard domestique.

11 *Pouret.* — C'est vn poulet.

12 *La parriole.* — C'est vn ieu de petits enfans, qui côme par mespris getent par sur leur teste leurs bonets, ou autre chose, signifiants le mespris qu'on fait du fruict pour l'abondance qu'on en a.

13 *Arrouilhen.* — Arrouilh, c'est vn instrument duquel vsent les moissonneurs; lors qu'en laire ils font roler le blé batu par le fléau, pour l'emmonceler : signifiant par cela, que l'on y assemble aussi le fruit en quantité.

14 *Hore.* — En aucuns lieux on dit *oure*.

15 *Eichenge.* — Exempt & depourveu.

16 *Esquere.* — C'est un quartier habité en la jurisdiction de la ville de Lectoure.

17 *Couque.* — Le gite & couche.

18 *Esquerére.* — C'est-à-dire gauchissante & reuesche.

19 *Bote.* — Feste, journée en laquele on fait vœux.

20 *Sentouratge.* — C'est aussi la journée & lieu auquel l'on célèbre la feste de quelque Sainct.

21 *Gourre.* — Jeu des Pasteurs, qui chassans quelque boule, ou pierre, en defaut auec de croces ou bastons l'vn contre l'autre, taschent qui la fera passer plus auant.

22 *Tresquilhous.* — C'est aussi vn autre jeu de Pasteurs, qui a faute de quilles, plantêt aux champs trois pierres longuetes, en droicte ligne, & font a qui mieux les abatra, auec vne autre pièce.

23 *Hetc.* — Lie de vin, ou autre liqueur.

24 *Haube.* — Palle.

25 *Heroutge.* — Farouche.

26 *Arboune.* — Enterré, ensepueli.

27 *Paues.* — Pauois & bouclier.

28 *Majourau.* — C'est le plus aparent, entre les bergers & Pasteurs : le père de famille & qui a cômandement sur les autres.

29 *Boup.* — Tiré du Latin Vulpes, renard femele, qu'on appelle aussi *mandre* en Gascon.

30 *Treni.* — Raisoner & faire parler.

31 *Sarrous.* — Sont les panetières des Pasteurs.

32 *Maines Besiatz.* — Demeures mignardes,venant *maine* du mot Latin *mantio.*

33 *Couhignes.* — Sont les confins & limites,qu'on dit aussi *Bousoles.*

34 *Bareitz pintouatz ou penchenatz.* — Sont les guerets pegnez & bien préparez pour receuoir la semence.

35 *Souledre.* — C'est le cousté du soleil leuant, ou le vent prouenant de la mesme partie.

36 *Lasphére.* — Ce mot se doit prononcer auec vn p aspiré, non auec f. (1)

37 *Tourrat Tartarin.* — Tartare glacé.

38 *Arrimats.* — My bruslés par la chaleur du soleil.

39 *Coueitz.* — Cuitz, aucun disent *queits,* autres coitz :

40 *Houec.* — Feu, qu'aucuns appellent *Hoc, Hec, Fec, Foc* & *Huc* en Bordelois.

---

(1) Cette recommandation sur la prononciation est rigoureusement juste, notre *ph* étant la traduction du φ grec.

41 *Aoumades.* — Ourmières ou rengées d'ourmes.

42 *Cassouatz surres.* — Sont les chênes portans le liège.

43 *Gourgoillis ou Gargouillis.* — C'est le gasouillis, que faict l'eau courante des ruisseaux:

44 *Bara.* — C'est-à-dire dancer.

45 *Ha Soudat ou Souldat desagat.* — Desuoie, c'est vne coñersion (1) aux mauuais soldats.

46 *Aucimens.* — Meurtres venant d'Aucise, qui signifie tuer, meurtrir.

47 *Arrigoulat.* — Replet et soul.

48 *Grichon & Grichous.* — Sôt les petits loupins de la graisse du porc,qui restent après avoir esté fondûe, ne pouuant plus rendre de substance, tant ils sont arides par la vertu du feu.

49 *Calean.* — Calea. Ce verbe est dit de ceux, qui s'en vont mourir languissans, & diminuans peu à peu : comme les tabides (2) & hecticques.

50 *Hat.* — Signifie les choses fatales, du mot Latin Fatum.

51 *Iaus.* — C'est Iupiter d'ou l'on dit Ditiaus,pour le Ieudy, ou le iour de Iupiter : Et encore en la ville de Bordeaux il y a vne porte de forte antiene structure,dicte la porte *Dijaux,*signifiant la porte de Iupiter :

(1) **Est-ce changement de nom ?** (Conversion.)
(2) **Tabidus, phthisique ou tournant à la phthisie.**

tel nom luy estant demeuré. puis le temps du Paganisme.

52 *Embaganau.* — En vain.

53 *Tutet.* — C'est un nom de mespris, qui vaut autant, que ignorant & simple, je ne sçay comme l'on l'vsurpe en ceste signification : car Tutet en sa propre, signifie le tuieau d'vn roseau, ou autre chose creuse.

54 *Lyris.* — Sont les lys.

55 *Hioles.* — Sont les diuers rejalissemens, qui sortent d'une vaine ou plaie & d'autre trou ou canal.

56 *Arrecusè.* — Ce mot est dit des chiens, qui sons dicts *arrescuses*, comme tout d'vn coup, traitement & sans abaier mordents les personnes.

57 *Truant.* — Vient du mot Latin Trux signifiant vn homme cruel & meschant, ne craignant rien attenter.

58 *Caitiu.* — Chétif & captif.

59 *Larbaiament.* — C'est l'arrest propremèt des bestes, ausqueles on va au deuant pour les arrester.

60 *Arregauta.* — Regorger & rendre par la gorge.

61 *Tantouilla.* — Fouiller; le sieur Viginere en la traduction du Torcato Tasse, excellent poète Italien en a vsé.

62 *Arregagnat.* — Qui rechine les dens, qui est pris pour un fort meschant homme.

63 *Colouma*. — C'est-à-dire combler, inde *coulom*, ou *coumoul*, comble.

64 *Vn delauas ou labassi*. — C'est vne bourrasque, avec grâd abondance de groçe pleuie.

65 *Delubi*. — Déluge.

66 *Desastrucz*. — Désastrés & malheureux.

67 *Courtiu*. — C'est vn petit iardin.

68 *D'yher*. — Denfer.

69 *Drague*. — Dragon femele.

70 *Lauparde*. — Léoparde.

71 *E'quin*. — Ce mot est composé de deus : Sçouoir de *qui*, & *eu* par contraction, laquele est fort familière aux Gascons, amis de la breueté, copans, & ostants l'e du monosillabe, par vne figure de Grâmere, dicte aphœresis : parce qu'elle coupe la première syllabe ou voiele : le Gascon se sert aussi d'vne autre figure, dicte sincope, par laquele il defalque vne syllabe, du milieu de la diction, comme en tel mot, *desesperatz*, il dit *desperats* : Et fait le mesme en plusieurs aultres, suivant l'vsage commun, ce qui luy est permis. Aussi se sert-il de l'autre figure, comme au mot suiuant marqué du nombre de septante deus, ou l'on voit pratiquer la figure dicte apocope.

72 *Qu'ere ta*. — Qui vaut autant à dire, *que*, *ere te a*, esquels mots l'on voit l'E, de *que* & de *te* estre coupés, & parce que lisant ces vers, on trouuera souuent de teles figures, i'ay bien icy voulu donner, cest aduertissement au Lecteur, afin qu'il ne hésite point, sur l'occurrence, de tels mots, marqués de ceste apostrophe à la françoise.

73 *Biueres.* — Sont lôgs vers, qui perçèt & sortèt de la terre.

74 *Serps.* — Sont les serpens de la graisse desquels on se sert à la médecine.

75 *La May de Biterne.* — Est prise pour la mère des Enfers.

76 *Eu'can.* — C'est *eu*, est aussi monosillabe quoy que ce soint deux môts : Sçauoir E et lou, defalquant par la susdite figure du mot *lou* les deux lettres L & O.

77 *Lagraule.* — La Corneille.

78 *Lou Cahus.* — Le Hibou.

79 *La Bresaugue.* — La Chouette.

80 *Vgglen.* — C'est-à-dire hurlèrent; du verbe *vggla*, qui signifie hurler.

81 *Mourphet.* — C'est Mourpheus, précurseur du songe, qui se présente en plusieurs & diuerses sortes.

82 *Suu.* — C'est encore un mot de deux syllabes contractées en vne, de *sur* et *lou*. supprimant du premier *vr* et *lo* de *lou* secôd, ce qui n'est pas vsité par tous les quartiers de Gascogne.

83 *Prume dromillon.* — C'est le premier sommeil.

84 *Gouasardon.* — Signifie Guerdon, et le *goua* n'est qu'vne syllabe auec prenontiation neantmoins

7

de toutes les letres, par la figure dicte synœresis, dont les Gascons vsent souuent.

85 *Buus.* — Qui signifie bœufs, ie diray que ce n'est qu'vne syllabe, & qu'il la faut prononcer de mode que les monosyllabes suyuâts se prononcent en l'alphabet *baus, beus, bius, bouus, buus* et plusieurs mots se treuueront de pareille estofe escrits auec deux V.v qu'il faut prononcer ainsi que dit est.

86 *Etéhors.* — Efforts.

87 *Airiaus.* — Sont les lieus & patus circonuoisins.

88 *Atail.* — C'est à dire de suite, et poursuiuant la mesme entailleure, comme l'on ferait auec la faux & ciseau.

89 *Crusau.* — Signifie cruel.

90 *Courau.* — Cordial.

91 *Metge.* — Médecin, par lequel est entendu le Médecin du Roy.

92 *Herrie.* — C'est Ferrier, Medecin de Th^sc très docte, qui fit la naissance & oroscope du Roy en vers Latins, que j'ay veus il y a plus de trente ans.

93 *Lou com periquec.* — C'est à dire le Cœur me batit, car *perica* signifie poindre & bequeter. Et *com'* sont deus mots en vn *co* et *me* elidant l'E de *me* auec l'apostrophe.

94 *Calendre.* — Veut dire la Calandre, auquel iour Cesar fut tué, & icy les paroles s'adressant à luy.

Calendre est aussi prise pour quelque soubriquet ou prouerbe de choses aduenues à certain iour, outre le nom d'vn oiseau.

95 *Ausapetz.* — Pièges.

96 *Bresque.* — C'est le rayon du miel qu'on tire des ruches des abeilles.

97 *Heus.* — C'est une contraction de ces deux mots *he* & *lous* défalquant *lo*, qui est autant à dire que *hé lous*, c'est à dire fay leur.

98 *Acoura.* — Auoir souuent au Cœur.

99 *Marthe.* —. Martire, ou qui ne sert que de Martyre.

100 *Harthe.* — Replaite, remplie.

101 *Esteres.* — Coupeaux.

102 *Piocz.* — Sont les poucins mesmes des poules dinde.

103 *Gariats.* — Pouletz.

104 *Toucoueres.* — Les enuirons de sa maison & prouince.

105 *Contourneres.* — Ce qui est à l'entour, & estendue de ses biens.

106 *Abila ny Calp.* — Les colonnes de Hercules au destroict de Gibraltar, qui font séparation de l'Europe & Aphrique, du costé d'Occident, la Mer Méditeranée entre deus.

107 *Meichenjan.* — Deuestant, despouillant.

108 *Tresses.* — Sont icy prises pour trophées seignans la teste.

109 *Espesses teles.* — Toiles espesses prises pour les nûes opaques qui sont entre nous & le Ciel, nous empeschant d'y voir clairement.

110 *Clep.* — L'Eclipse, car *clepa* est se cacher.

111 *Crums.* — Sont les nûees.

112 *Bes.* — C'est Venus; *Mercles* c'est Mercure, d'où le Gascon dît *Dibes* ou *Dibendres* pour le iour de Vendredy & *Dimercles* ou *Dimecres* pour le Mercredy.

113 *Prume moutiu.* — Premier mobile.

114 *Leicharruscle.* — Le fouldre.

115 *Lambretz.* — Esclairs.

116 *Touetz.* — Tonerres.

117 *Grenisse.* — Gresle.

118 *Gouailles.* — Esgaux.

119 *Nadir.* — C'est un mot arabe qui signifie le point opposé à celuy qui respond sur nostre teste vers le Ciel ou au Ciel : dict des Latins *Vertex*, des mesmes Arabes Zénith.

120 *Herauts.* — Les héros.

121 *Gouau.* — Mot monosyllabe, c'est à dire gué, & *medich gouau* c'est vn passage esgal.

122 *Ermes.* — Désertes.

123 *Blouçe.* — Pure.

124 *Crioboli.* — Mot pris du Latin qui signifie le

sacrifice des agneaux que les antiens auoint accoustumé faire à leurs faux Dieux.

125 *Tauropoli.* — C'est aussi vn mot pris du Latin *Toropolium*, qui signifie les sacrifices des toreaux qu'on faisoit notement à Diane, iaçoit que les toureaux fussent aussi dédiés à Mars; voire tel sacrifice dit Toropolium estait employé à Cybele la mére des Dieux, comme tesmoignent vn bon nombre d'inscriptions qui se voient ez marbres de la ville de Lectore puis le temps des Romains.

126 *Hecatumbat.* — Mot pris du Grec Hecatumbe, qui signifie sacrifice de cent bœufs.

127 *Mourgiçari.* — Que je mordrois, c'est à dire tenacement.

128 *Gangueres.* — Vilaines & sales.

129 *Hourupant.* — Humant, comme ceux qui boiuent le potage.

130 *Hailles.* — Sont des grands feus, comme de joye, & tels qu'on faict vers la Sainct Iean; ie croy qu'il vient du mot Latin *Halo.*

131 *Esquissat.* — Deschiré.

132 *Arbounedure.* — Sépulture.

133 *Antes* ou *Hantes.* — Paroles iniurieuses, mal sonantes.

134 *Tore.* — Oster.

135 *Espudich.* — Reiete, comme choses puantes.

136 *Ecz.* — Pris du mot *Index*, limites & indices des bornes.

137 *Ahougué.* — Acompagné.

138 *Camparoulet.* — Petit Champignon.

139 *Boulet.* — C'est aussi une espèce de Champignons.

140 *Larcouran.* — C'est le liure de Mahomet faulx prophète, qui dit que l'espée Françoise doit aporter grands domages à la loi Mahumetane.

141 *Salem.* — Hierusalem, ainsi dicte antiennement.

142 *Stamboul.* — Constantinoble, ainsi nomé des Turcs.

143 *Alaguiat.* — Alangori.

144 *Thraüt.* — Tumbeau.

Iauoy oublié aduertir les Lecteurs qu'il y a plusieurs mots monosyllabes, lesquels sont de difficile pronuntiation, & faut auoir recours & esgard aux monosyllabes qui sont apposez d'ordinaire après ceux de l'A, B, C en l'Alphabet, & s'acommoder à celle qu'on leur done pour trouuer laquelle il fault la prendre, par tel biais : comme si l'on veult trouuer la pronuntiation de *Diu* monosyllabe, on y aduiendra prononçant les suiuants *Dau, Deu, Diu, Dou, Diut :* dans *deus, dius, bau, beu, biu, bou, buu, baus, beus, bius, bous, buus, faus, feus, suis, sous, suus,* lequel dernier monosyllabe est de deux mots par contraction, *sur &*

lous défalquant L.R du premier, et *lo* du second : lorsque quelqu'vn vouldrait dire, *sur les maisons*, il pourroit estre emploié disant, *suus oustaus*. Ce que i'ay volu doner entendre en passant, pour ceux qui n'ont ample cognoissance des termes de nostre langue et idiome Gascon, non pour enseigner les éléments aux susfisens, ny vser icy de comentaires pour le sens des choses contenües en ceste matière, qu'ils entendent très bien, en laquelle, s'il y a quelque manque, ce qui pourrait bien estre, ne sentant rien d'humain aliéné de ma personne, ie les supplie supporter mes défaults & inaduertances, pour le désir et bone volonté que j'ai de faire mieux cy après s'il m'est possible. Adieu.

PERMISSION

????

Svr la requeste presentée par Maistre Iean de Garros, Conseiller en la Seneschaussée d'Armagnac, à Messire Iacques de Sainct Pol, Conseiller du Roy en son Conseil d'Estat, et Maistre des Requestes ordinaires de son hostel, tenant le Sceau en la Chaucellerie de Languedoc, à ce qu'il luy fust permis faire imprimer le present liure, a la vesue de Iean Boude Imprimeur dudict Tolose, auec deffences à tous autres Imprimeurs d'iceluy liure imprimer, vandre ny distribuer sans l'exprès consentement dudict sieur de Garros Aucteur, sur peine de cinquante escus & confiscation desdicts liurés, ladicte permission requise luy ayant esté donnée par ordonnance mise au bas de ladicte Requeste datée du 13 May dernier, signée de Sainct Pol. Suiant laquelle le dict sieur de Garros

Aucteur, a donné & donne mesme permission à ladicte vesue de Iean Boude Imprimeur, d'imprimer ou faire imprimer vendre & distribuer le present liure comme bon luy semblera; sur mesme faculté & pouuoir a luy donné. C'estant signé à cest effect au bas de ladicte Requeste, laquelle il a remis entre les mains de la dicte vecue le 10 Juin 1611.

ANNEXE A

DONT MICHELET EST L'AUTEUR

❦ ❦ ❦ ❦

NAISSANCE DE HENRI IV

La Marguerite des Marguerites était morte avant que sa fille Jeanne fût devenue mère. Cette princesse demeurait *bréheigne,* comme disaient les Béarnais, malgré ses voyages aux Eaux chaudes dans la vallée de *Gabats* qui passaient pour *impregnaderos,* favorables à la génération (1). Les médecins, reconnaissant l'inefficacité des Eaux chaudes, l'envoyèrent à la source de Bagnères-de-Bigorre, qui depuis a conservé le nom de *Source de la Reine.* Quelque temps après la mort de sa mère, elle mettait au monde un fils qui, malheureusement, mourut étouffé par un excès de précaution. Un second périt victime d'une imprudence, & voici comment :

(1) La Cour de Béarn faisait depuis plusieurs siècles un fréquent usage de ces Eaux thermales. Sa principale source porte encore le nom de *Hount del Rey* (fontaine du Roi). Marguerite elle-même était allée demander à ces bassins la conservation de ses enfants.

En 1551, le Duc de Bourbon et sa femme étant venus présenter leur fils au bon Henri d'Albret, alors à Mont-de-Marsan, le grand-père tout ému emporta l'enfant à Pau; mais un jour qu'il était à la chasse avec sa fille & son gendre, la nourrice, jouant avec un gentilhomme auquel elle faisait passer l'enfant d'un balcon à un autre, laissa tomber dans le jardin le jeune prince, qui expira quelques jours après.

Henri, désolé de cet accident, se promit de ne confier désormais à personne le soin de veiller sur les enfants de sa fille; & pour être à même d'exécuter cette résolution, il ne permit à celle-ci de rentrer chez le Duc qu'après avoir obtenu la promesse qu'elle reviendrait accoucher dans le Béarn, lui déclarant qu'il se remarierait si elle n'obéissait pas à ce désir. Ces paroles n'étaient pas une vaine menace; on assurait que Charles-Quint lui avait fait offrir la main de sa sœur Catherine de Castille, avec la restitution de la Navarre. Mais Jeanne devint enceinte & réduisit à néant ce projet anormal.

» La Princesse de Navarre (1) se sentant grosse &
» peu éloignée de son terme, prit congé de son mari
» & partit de Compiègne le 15 novembre 1553. Elle

(1) André Favyn, *Histoire de Navarre*, p. 208.
Ce récit lui est emprunté presque textuellement. Il est la source de toutes les relations, qui ont été faites postérieurement, de la naissance de Henri IV.

» traversa toute la France jusqu'aux Pyrénées, & se
» dirigeant vers Pau, où se trouvait alors son père,
» le Roi de Navarre, elle arriva dans cette ville *après*
» *dix-huit jours de voyage à cheval!!!*

» Le Roi Henri avait fait son testament que la
» Princesse désirait voir, parce qu'on lui avait rap-
» porté qu'il était à son désavantage, & en faveur d'une
» Dame qui gouvernait son père. C'est pourquoi,
» bien qu'elle eût mis toutes pièces en œuvre pour en
» obtenir la vue, ce lui fut chose impossible; d'autant
» plus qu'à son arrivée, ayant trouvé le Roi malade,
» elle n'osait pas lui en parler. Mais la vue de sa
» bonne fille, ainsi l'appelait-il, le réjouit & le remit
» sur pieds. Cette Princesse était douée d'un beau
» jugement naturel, formé par la lecture de bons
» livres, à laquelle elle était fort adonnée. Son
» humeur était si joviale, que l'on ne se pouvait en-
» nuyer auprès d'elle. Docte & éloquente entre les
» Princesses de son époque, elle suivait les traces de
» la Princesse Marguerite sa mère, & s'était rendue
» maîtresse en toutes les belles connaissances de son
» temps. Le Roi, averti de son désir à l'égard du tes-
» tament, lui dit qu'il le lui donnerait lorsqu'elle lui
» aurait montré ce qu'elle portait dans son sein; et
» tirant de son cabinet une grosse boîte fermée à clef
» avec une chaine d'or qui pouvait bien faire vingt-
» cinq ou trente fois le tour du cou, il ouvrit cette

» boîte et lui montra son testament. Mais il ne le
» montra que d'un peu loin; et puis, ayant renfermé
» tout cela, il lui dit : Cette boite sera tienne et ce
» qui est dedans; et afin que tu ne fasses une pleu-
» reuse ou un enfant rechigné, je te promets de te
» donner tout, à la charge qu'en enfantant tu me
» chantes une chanson Gasconne ou Béarnaise. Et si
» quand tu enfanteras j'y veux être.

» Il avait logé cette princesse au deuxième étage de
» son château de Pau; sa chambre était justement
» au-dessous de celle de sa fille. Pour la soigner, il
» lui donna un de ses vieux valets de chambre,
» nommé Cotin, auquel il commanda de ne bouger
» ni jour ni nuit d'auprès de la Princesse sa fille,
» de la servir à la chambre, et de venir l'avertir aus-
» sitôt que commencerait le travail de l'enfantement;
» de ne pas manquer de le faire, lors même qu'il serait
» dans son plus profond sommeil.

» Dix jours après l'arrivée de la Princesse à Pau, les
» douleurs la prirent entre minuit et une heure, le jour
» de la Sainte Lucie, le 13 décembre de ladite année
» 1553. Le Roi, averti par Cotin, descend tout aussi-
» tôt; la Princesse, qui l'entendit entrer dans sa
» chambre, se mit alors à chanter en musique le can-
» tique Béarnais des femmes en couche :

Nouste Dame deou cap deou poun
Adjoudat me en aqueste hore.

» Notre Dame du bout du pont. aidez-moi à cette
» heure (1). » Cela se voit par toute la Gascogne, qu'au
» bout de tous les ponts il y a un oratoire dédié à la
» Vierge Marie, dite pour cette raison Notre Dame
» *deou cap deou poun*. Au bout du pont du Gave qui
» passe en Béarn, en allant à Jurançon, existait pour
» lors un oratoire dédié à la Vierge Sainte. lieu
» illustré de miracles, et auqnel avaient coutume de
» se vouer les femmes enceintes pour avoir prompte
» et heureuse délivrance.

  » Le Roi de Navarre continua les paroles du Can-
» tique, et ne les eut pas plutôt achevées que sa fille
» accoucha du Prince qui commande aujourd'hui la
» France.

  Jeanne avait rempli sa promesse. Un instant après,
Henri, tenait la sienne : il passait la chaîne d'or au
cou de sa fille, & plaçait dans sa main, la boîte con-
tenant le testament, disant : « Elle est à toi, mais ceci
est à moi. » Et prenant l'enfant nouveau-né, il l'emporta dans sa chambre où il le fit emmailloter. Palma

(1) Voici la suite du Cantique :

> Pregats aü Diou deu Ceu
> Qu'em bouille bié delioüra leu;
> Du maynat qu'am hassie lou doun;
> Tout dinqu'au haüt deus mounts l'implore.

« Priez le Dieu du Ciel qu'il veuille me délivrer au plus vite,
» que d'un fils il me fasse le don; tout jusqu'au haut des monts
l'implore. »

Cayet, dans sa Chronologie Novenaire raconte des particularités charmantes sur cette naissance; écoutons-le :

« Ainsi vint ce petit Prince au monde, sans pleurer
» ni crier, & la première viande (nourriture) qu'il
» receust, fut de la main de son grand'père, ledict
» Sieur Henry, qui lui bailla une pilule de la thé-
» riaque des gens de village, qui est un *cap d'ail*, dont
» il lui frotta ses petites lèvres, lesquelles il se frippa
» l'une contre l'autre comme pour sucer; ce qu'ayant
» veu le Roy, & prenant delà une bonne conjecture
» qu'il seroit d'un bon naturel, il lui présenta du vin
» dans sa coupe (1); à l'odeur, ce petit Prince bransla
» la teste comme peut faire un enfant, & lors ledict
» sieur Roy dit : Tu seras un vrai Biarnois. »

Il fut difficile à élever; on essaya pour lui huit nourrices différentes; la huitième en eut l'honneur. Ce fut une paysanne de Bilhères, Jeanne Forcade, femme de Jean Lassansaa, qui l'emporta dans sa modeste habitation située à peu de distance, au sud-ouest du Parc de Pau, & le nourrit au milieu des robustes enfants du village.

(1) *Lou nene de la Reyne Jane* L'Enfançon de la Reine Jeanne
Badui coum l'arboulet au sou Vigoureux comme l'arbuste au so-
Ha chucat leyt de la paysane A sucé du lait de paysanne [leil,
Hourrupat bi de Juransou. Et bu d'un trait le vin de Jurançon.

M. Laborde, cité par Lespy (Dictons & Proverbes de Béarn. Pau, Garet, 1892, page 80).

Lorsqu'il fut sevré, son ayeul lui donna pour gouvernante Suzanne de Bourbon, femme de Jean d'Albret, baron de Miossens, un des treize barons de Béarn.

Celle-ci le conduisit au château de Coarraze, & ce fut dans cette vallée délicieuse & pittoresque que *Lou noste Enric*, comme l'appelaient les Béarnais, continua de recevoir cette éducation virile qui en fit le plus vaillant Capitaine de son temps.

« Tant que vesquit ledict bon roy Henri d'Albret,
» dit notre Chroniqueur, il ne voulut que son petit-fils
» fust mignardé délicatement, & a esté veu à la mode
» du pays parmi les autres enfants du village, quel-
» quefois *pieds descaux & nud-teste*, tant en hyver qu'en
» esté, qui est une des causes pour lequelles les Biar-
» nois sont robustes singulièrement. »

Le roi son aïeul, frappé de la vivacité & de la gentillesse de l'enfant, prophétisa qu'il serait un lion; qu'il ferait trembler les Espagnols ses voisins & ses mortels ennemis.

Les Seigneurs du pays venant saluer ce rejeton de la noble Fleur de lys, il ne pouvait s'empêcher de leur dire en Espagnol : « Mira, agora esta oueia pario un
» lione. Regardez, la brebis a enfanté un lion (1). »

(1) Pour entendre cette parole du roi Henri d'Albret, il faut rappeler que quand la Reine Marguerite était accouchée de Jeanne, les Espagnols de Fontarabie disaient par moquerie : « *Milagra, la vacca hija una oueia:* Miracle, la vache a fait une brebis. » Faisant allusion aux vaches qui sont les armes Béar-

Ainsi les destinées de la France se préparaient mystérieusement dans une vallée inconnue du Béarn; & l'avenir devait justifier le proverbe Espagnol que l'on voit encore gravé au-dessus d'une porte du vieux donjon de Coarraze : « Lo que a de ser no puede » faltar. Ce qui doit être ne peut manquer d'arriver. »

M. E. Vignancour, éditeur des Poésies Béarnaises, est l'auteur d'un charmant Poème sur l'enfance d'Henri IV.

naises, ils appelaient Henri d'Albret, *El Vaquero*, le vacher.

> L'Espagnol qui disait, en mangeant son pain bis :,
> « La Vache de Navarre a fait une brebis : »
> Dut croire assurément cette vache enragée,
> Alors qu'il vit, après mainte rébellion,
> Pour rendre paix & joie à la France affligée,
> La brebis à son tour enfanter un lion.
>
> De Sirven DARON.

ANNEXE B

DONT MICHELET EST L'AUTEUR

ᕁ ᕁ ᕁ ᕁ

LE BARON (1) ANTOINE DE ROQUELAURE
1543-1625

. Le baron Antoine de Roquelaure, naquit près de Lectoure en 1543. Il était issu d'une illustre famille de l'Armagnac.

Il quitta l'état Ecclésiastique auquel il s'était d'abord destiné, & embrassa la profession des armes, sous le nom de Longaro. Le second de ses frères étant mort au combat d'Orthez, il prit le nom de Roquelaure.

Jeanne d'Albret, reine de Navarre, qui le considérait, le mit au service du Prince de Navarre son fils. Il resta constamment attaché à ce Prince, qui le fit lieutenant de sa Compagnie de Gendarmes, & il l'accompagna dans toutes ses expéditions militaires.

(1) C'est bien *Baron* qu'il faut écrire. Le titre changea avec le fils devenu *Marquis* d'abord, & *Duc* un peu plus tard.

Devenu Roi de France, le 2 août 1589, Henri IV nomma Roquelaure, maître de sa garde robe, le jour même de son avènement.

Après le combat d'Arques, il le créa Conseiller d'Etat le 19 octobre suivant.

Reçu Chevalier des ordres du Roi, le 7 janvier 1595, il combattit à la journée de Fontaine-Française, le 5 juin.

La troupe du maréchal de Biron ayant été rompue, le Roi fit avancer une compagnie de Gendarmes pour la soutenir; les ennemis l'enfoncèrent. Henri IV ordonna à Roquelaure de courir après les fuyards, de les arrêter, de les rallier. « Non, Sire, répondit Roquelaure, on m'accuserait de fuir avec eux, je combattrai & je mourrai à vos côtés. »

On lui assura la charge de Maréchal de France vacante par la mort du Maréchal de La Chatre.

Nommé d'abord lieutenant-général de la Haute-Auvergne, & plus tard de la Guyenne, Il se démit de sa lieutenance en 1622, & obtint en échange le gouvernement de Lectoure où il mourut le 9 juin 1625, à l'âge de 81 ans.

Il avait beaucoup contribué à ramener Henri IV au Catholicisme, mais en invoquant son intérêt.

On raconte même à ce sujet, une piquante anecdote : Comme un ministre Protestant dissuadait Henri IV de changer de religion : « Malheureux, s'écria

Roquelaure, mets dans une balance, d'un côté la couronne de France, et de l'autre les Psaumes de Marot,
& vois, qui des deux l'emportera. »

Si le fait est vrai, il pourrait bien avoir inspiré au
Béarnais son fameux mot : « Paris vaut bien une
Messe. »

ANNEXE C

Nous voilà déjà loin de Pierre de Garros, de son style si beau dans les Psaumes, superbe dans les Héroïdes. Il fut certainement un savant de premier ordre : on le soupçonne à peine en ses Eglogues, dont les Pastéurs conservent, dans le dialogue, une naïveté voulue qui donne du relief aux sentiments qui les animent.

Jean ne parle déjà plus la langue de son frère; s'il en a la science, il manque de ce discernement exquis de la mesure, des convenances qui constitue le véritable artiste.

En effet, ses bergers ne sont pas seulement très habiles en l'art de la musique et des exercices du corps, avantages qu'on leur pardonnerait sans peine, mais ils savent la Mythologie mieux que les meilleurs élèves de Rhétorique; l'Histoire naturelle n'a pas de secrets pour eux; ils soupçonnent même les effets de *la transfusion du sang* à peine entrevue à cette époque; leurs connaissances Astronomiques s'étendent jusqu'à la comparaison des systèmes de Ptolémée & de Copernic !!! Ils s'occupent déjà de politique & proposent des réformes à faire à une Constitution défectueuse. Ces travers, que nous reprochons à Jean de Garros, lui furent communs avec la plupart des Poètes de son temps. La manie scientifique, avec sa tendance de substituer la fantaisie à la réalité, s'enhardit peu à peu, pour aboutir, sous Louis XV & son successeur, aux fermières en corsage évasé ou taillé en pointe, avec paniers sur les hanches, faisant valoir des jupons courts de brocart; aux bergères armées de la houlette à bouquets de rubans, en bas de soie, et chaussées de mules ornées de houppes aux couleurs assorties.

Voilà un premier enseignement fourni par l'étude de la *Pastourado*. Après les bergers savants, nous devions nous attendre aux paysannes en costume de cour. La vérité a repris ses droits à cette heure. D'autre part, *La Pastourado* témoigne d'un profond bouleversement des consciences à sa date. Tout s'y heurte et s'y confond dans un mélange inouï : Jupiter & le Christ, le Ciel & l'Olympe; les Séraphins & les Archanges coudoient sur le pied de l'égalité les demi-Dieux & les Héros.

Henri IV, canonisé d'abord, *tot sant*, demande à son ami, non pas des messes, des prières ou des œuvres pies, mais des couronnes de fleurs & des libations, des sacrifices expiatoires, les Poèmes funèbres en usage dans la Grèce antique pour honorer la mémoire des Thésée ou des Pirithoüs, des Jason ou Hercule.

Jeanot va plus loin encore, Il veut répandre sur la tombe de son Roi meurtri le sang de ses agneaux & de ses génisses! Il veut faire revivre les cérémonies du Criobole, du Taurobole, des Hécatombes en oubli depuis plus de mille ans. Le Paganisme renaissait de ses cendres, avec l'escorte de ses solennités sanglantes. Allons-nous donc rétrograder jusqu'à l'état sauvage? Non... La science, comme le glaive d'Achille, guérit les blessures qu'elle a faites. La raison orgueilleuse s'était audacieusement levée contre la foi, qu'elle accusait d'ignorance & de superstition; & la science devait ramener dans le sanctuaire les hommes égarés par les sophismes des Novateurs. Elle ne va pas s'inspirer dans les œuvres superbes des Pères de l'Eglise, source suspecte, et dénoncée comme empoisonnée. Elle s'est armée dans l'arsenal des Philosophes Païens, assez riche d'ailleurs pour lui assurer la victoire.

Le Songe de Scipion, ce chef-d'œuvre de la pièce maîtresse de Cicéron (1) était bien connu de notre Poète; & il s'engage à sa suite sous le même voile d'un Songe vers les enseignements sublimes que le

(1) *La République* de Cicéron (lib. 6ᵉ), œuvre capitale de ce grand homme, était perdue depuis des siècles, lorsqu'en 1822 *Angelo Mai*, Bibliothécaire du Vatican, en découvrit la partie principale sur un vieux parchemin ou quelque moine ignorant l'avait grattée fort mal pour la remplacer par les Commentaires sur les Psaumes de saint Augustin. Mais le Songe de Scipion avait été conservé bien complet, notamment par Macrobe, un érudit du vᵉ siècle, avec un commentaire de 250 pages environ.

génie des philosophes découvrit dans les entrailles de
la loi naturelle. Mais Garros ne prit pas garde que chez
son modèle Scipion, le fondateur illustre d'une race plus
illustre encore, s'adressait à son petit-fils, destiné à
détruire Carthage, & qu'un simple pasteur n'avait rien
à faire dans cet entretien des Géants.

Platon, le rêveur inspiré, avait établi la morale sur
le sentiment d'une justice *supérieure*, & *antérieure* à la
constitution des Sociétés humaines, s'imposant également
ment aux simples citoyens & aux groupes. Il en déga-
gea, comme sanction nécessaire, le dogme de l'*im-
mortalité de l'âme*. Il plaçait ainsi dans la main du
citoyen le flambeau qui devait le diriger sur le chemin
des devoirs envers lui-même, à l'égard de ses semblables & de la Cité. Les récompenses posthumes sont
réservées à ceux qui, fidèles à la volonté des Dieux,
accomplissent dignement la tâche qui leur fut assi-
gnée en venant au monde.

Mais quelle sera la part faite à ceux qui s'y déro-
bent ?

Le Phédon (1) avait répondu avant Cicéron :

« Les âmes des méchants auront-elles à souffrir le
» froid ou le chaud, la faim ou la soif; se rouleront-
» elles dans les eaux bourbeuses de l'Achéron, pas-
» seront-elles un certain temps dans le Tartare téné-

(1) Troisième Entretien *in fine.*

» breux, ou dans les flammes du Plégeton, *jusqu'à ce*
» *qu'elles soient purifiées!!!* » Il en doit être ainsi, ou
la justice ne serait qu'un vain mot.

A cette Ecole la conscience se développe & s'affermit
par la foi dans la justice Eternelle, ce jardin des Hespéri-
des où les vertus héroïques cultivent leurs pommes d'or.

Ainsi fut posée la base la plus solide du *droit* & du
devoir, impossible à fonder dans les boues du maté-
rialisme, dont l'anarchie, mère de tous les crimes, est
la conséquence fatale, irrémédiable.

Socrate, Platon, Cicéron, les plus grands génies de
l'Antiquité allèrent jusqu'à enseigner, *la purification
des âmes des méchants par les épreuves posthumes, dont
le Juge Suprême peut seul déclarer la suffisance.* Ainsi ce
Purgatoire tant raillé, l'expiation après la mort, est
sorti des entrailles de la Philosophie antique, & ne
s'engagea, que beaucoup plus tard, au service du
Christianisme.

Mais voici mieux; & nous allons voir Ovide (1), le
plus Païen des Poètes, démontrant *la rémission des
péchés par le seul effet du repentir!!!*

Myrra a conçu pour son père Cynire une passion
insensée. Elle lutte vainement contre l'entraînement
de ses sens; & désespérant de les vaincre, elle attache
à son cou le nœud fatal. Sa nourrice accourt, la sauve
d'elle-même, & fait si bien qu'elle lui arrache son

_____
(1) Métamorph. lib. 9, fab. 9.

épouvantable secret. Désespérant de la guérir, elle lui promet la satisfaction de sa passion détestée, si elle consent à vivre. Grâce à ses artifices, la fille pénètre dans le lit de son père inconscient & surpris; elle s'échappe enceinte de ces embrassements incestueux.

Le père désabusé veut punir par le glaive l'abominable impudicité de sa fille. Elle s'enfuit dans les déserts de l'Arabie, objet d'horreur pour les humains qui la fuient, & pour les étoiles même, qui pour échapper à sa vue se cachent sous les voiles des nuages.

Arrivée à terme, succombant sous le poids de la honte, du remords & de la misère, elle ose lever les yeux au Ciel pour implorer sa pitié... « O Dieux, dit- » elle, *qui ne dédaignez pas ceux qui touchés de repentir,* » *confessent leurs crimes qu'ils détestent :* » Que va-t- elle demander la grande Pécheresse ? de ne plus être ni parmi les vivants qui en ont horreur, ni parmi les morts, car les ombres même seraient polluées par sa présence...

Et le Poète continue :

Les Dieux témoignèrent qu'ils avaient accueilli la prière de celle que le repentir conduisit à détester son crime.

Ils firent droit à la demande de la coupable !!!

Elle fut changée en un arbre qui prit son nom; & ses larmes, éternelles comme ses remords, se changent en *un parfum précieux*, témoignage indestructible de la miséricorde divine même chez les Païens, & de l'efficacité de la pénitence. O vérité, tu es vieille comme la conscience !

Et peu nous importe la voie qui nous conduit jusqu'à elle.

Nous venons d'adresser à la *Pastourado* des reproches que nous croyons fondés : mais l'hommage par elle rendu à l'immortel Platon & à son Ecole sublime, devait lui assurer l'honneur d'être associée à la nouvelle Edition du traducteur des Psaumes.

Les inquiétudes & les divergences de l'esprit humain ont soulevé les flots des controverses, & déchaîné les tempêtes des passions surexcitées; qu'importent les péripéties de la lutte ! Les eaux profondes des Océans lancées jusqu'au Ciel par les vents d'orage, purifient l'atmosphère, & balaient les brumes malsaines de l'air. Mais les vagues irritées ne détruiront ni la *loi naturelle* avouée par la raison, ni la *foi religieuse*, aliment nécessaire de la conscience du croyant; car Dieu a dit aux vagues : Vous n'irez pas plus loin.

Et si le Césarisme, fatalement évoqué par les matérialistes modernes, triomphe de la liberté; comme à l'avènement du Divin Crucifié, le sentiment religieux, indissolublement uni à celui de la justice, en affranchira le Monde encore une fois.

TABLE

PASTOVRADE

GASCOVE

SVR LA MORT

DEV MAGNIFIC È POUDÉROUS

ANRIC

QUART DEV NOM

REY DE FRANCE È DE NAUARRE

BIRADOS DOU GASCOUN EN FRANCIMAND

PER ALCÉE DURRIEUX

LAYTORÈS

ABOUCAT EN LA CORT D'APEL DE PARIS

Editioun naûèro

AUX

IMPRIMBRIO E LITOGRAFIO GASTOUN FOIX

1896

www.ingramcontent.com/pod-product-compliance
Lightning Source LLC
Chambersburg PA
CBHW060809250626
47162CB00005B/1727